中等职业学校教学用书

新编五笔字型快速培训教程

（第 3 版）

丁爱萍　主编

前　言

　　五笔字型输入法是一种将汉字输入计算机的方法，由中国王永民发明，又称王码五笔字型输入法。1983 年，五笔字型通过了国家鉴定，现已推出 4 代版本。

　　五笔字型输入法是一种完全依照汉字的字形，不计读音，不受方言和地域限制，只用标准英文键盘的 25 个字母键，便能够以"字词兼容"的方式，高效率地向计算机输入汉字的编码方法。其编码规则简单明了，重码少，5 区 25 个键位井井有条，规律性强，键位负荷与手指功能协调一致，字词兼容，简繁通用，无论多么复杂的汉字，最多只需击 4 键即可输入计算机，重码率低，简码多，词组多，效率高。初学者经过一定的指法训练，一般每分钟可输入汉字 120～160 个，熟练者可输入近 200 个字。

　　正是由于五笔字型汉字输入法具有重码率低，便于盲打，输入速度快等特点，而成为目前使用最广的最优秀的汉字输入法。但是，五笔字型的拆分规则比较特殊，需要专门的训练才能掌握，因此适用于需要快速输入汉字的人员。

　　本书是五笔字型汉字输入法培训教程。全书在简单介绍了五笔字型的入门知识后，从键盘操作和指法训练开始，以王码五笔字型输入法 86 版为主，介绍了五笔字型输入法对汉字结构的规定和基本编码原则、字根的键盘布局规律、汉字的拆分和输入方法及操作等。另外，还对目前流行的由五笔字型衍生出的搜狗五笔输入法、智能陈桥五笔输入法、万能五笔输入法、极品五笔输入法进行了介绍。

　　本书的特色：

　　1. 注重实用，强调操作，针对性强。按照初学者最佳学习顺序进行讲解，浅显易懂，知识讲授与示例解析相结合，使读者看得明白，学得快捷。

　　2. 教学兼顾、讲练结合、文字精练、图表丰富、版式明快。

　　3. 学习五笔，重在练习。本书在每个重要知识点后均提供相应的录入练习，可使读者快速掌握所学内容，并对学习效果进行检验，全面突出能力训练和考查。

　　4. 提供的所有汉字 86 版五笔编码速查字表便于读者择需而查，及时解决汉字拆分疑难问题。

　　本书讲解详细，条理清晰，边讲边练，易于上手，是学习五笔字型输入法的最佳教材。适合作为中等职业学校和汉字录入短训班汉字输入法的培训教材，也适合作为希望快速成为打字高手的初学者的自学教材。

　　本书由丁爱萍主编，参加编写工作的人员有杜鹃、吕振雷、马海洲、殷莺、耿风、赵秋霞、李建壮、翟二琴、黄文彦、李海祥、胡洁、崔超等同志。由于作者水平有限，书中疏漏和不足之处难免，敬请广大读者不吝赐教。

编　者

目　录

第1章 五笔字型入门

1.1 概述

五笔字型输入法是王永民在 1983 年 8 月发明的一种汉字输入法。汉字编码的方案很多，但基本依据都是汉字的读音和字形两种属性。五笔字型完全依据笔画和字形特征对汉字进行编码，是典型的形码输入法。五笔字型输入法在使用简体中文的地区较为广泛，是这些地区最常用的形码输入法。

五笔字型输入法完全依照汉字的字形，不记读音，不受方言和地域限制，只用标准英文键盘的 25 个字母键，便能够以"字词兼容"的方式，高效率地向计算机输入汉字。但是，五笔字型输入法使用的是字根和码元作为输入时的助记符，86 版使用 130 个字根，98 版需要使用 245 个码元，记忆量要比拼音或注音输入方法大。所以，五笔字型的记忆量较大，但由于有五笔字型口诀，并不难以记忆。

五笔字型输入法的键码短、输入快，多简码，一个字或一个词组最多只有四个码，适用于简化字。通过五笔练习可以很好地锻炼分拆汉字的能力及认字能力，会打五笔的人用字比打拼音更准确。因此五笔字型输入法问世至今，已拥有相当广泛的用户。

1.2 五笔字型的下载

提供中文输入法软件的网站有很多，用户可以用"Google"、"百度"等搜索引擎来搜索一下，从中选择五笔字型输入法，下载并安装即可。

下面以使用"百度"搜索引擎为例，介绍其下载方法。

（1）打开浏览器，在地址栏中输入 www.baidu.com，进入百度搜索页面。

（2）在搜索栏中输入"五笔字型输入法下载"，单击"百度一下"按钮，如图 1-1 所示。

图 1-1　使用百度搜索引擎搜索五笔字型输入法

（3）在搜索结果页面中，单击合适的链接，进入下载页面，如图 1-2 所示。

（4）选择合适的下载地址，右键单击，在快捷菜单中选择"目标另存为"命令。

图 1-2　选择下载地址

（5）在弹出的"另存为"对话框中，选择下载位置和文件名，单击"保存"按钮，如图 1-3 所示。

图 1-3　"另存为"对话框

（6）系统将下载文件到本地硬盘，并显示下载进度，当下载完毕后单击"打开"按钮，即可开始安装。

1.3　五笔字型的安装

（1）执行五笔字型输入法的安装程序，屏幕出现"王码五笔字型输入法安装程序"窗口，如图 1-4 所示。

图 1-4　安装五笔字型

（2）选中要安装的王码五笔字型输入法的版本，例如"86 版"，单击"确定"按钮即可安装。

（3）再次单击"确定"按钮，此时在输入法列表中已经列出了安装完毕的王码五笔型输入法 86 版。

1.4 调用五笔字型输入法

单击 Windows 任务栏中的输入法图标，屏幕上将会弹出输入法列表，在此列表中会显示出已经安装的输入法。要选择哪一种输入法，只需用鼠标左键单击该选项即可。

在输入法列表中单击"王码五笔字型输入法 86 版"，即可启动五笔字型输入法，屏幕上也会出现该输入法的状态窗口，如图 1-5 所示。

图 1-5　王码五笔型输入法状态窗口

在输入法状态窗口上，有 5 个功能按钮，即"中/英文切换"按钮、"输入方式切换"按钮、"全/半角切换"按钮、"软键盘"按钮、"中/英文标点切换"按钮，可根据需要使用。

1. "中/英文切换"按钮

单击输入法状态窗口中的"中/英 文切换"按钮，可以在中文输入状态和英文输入状态之间进行切换。按"Caps Lock"键也可以实现这一功能。

如果想要切换到英文状态下，可以按"Ctrl+空格键"。此外，还可以单击任务栏中的输入法图标，在输入法列表选择英文或中文输入法。

2. "输入方式切换"按钮

在 Windows 内置的一些输入法中，还含有自身携带的其他输入法方式。例如，智能 ABC 包括标准和双打输入方式，可以使用"输入方式切换"按钮进行切换。

3. "全/半角切换"按钮

单击输入法状态窗口中的"全/半角切换"按钮，可以在全角状态和半角状态之间进行切换。

4. "中/英文标点切换"按钮

单击输入法状态窗口中的"中/英文标点切换"按钮，可在中文标点和英文标点之间进行切换。

5. "软键盘"按钮

Windows 提供了 13 种软键盘布局，即 PC 键盘、希腊字母、俄文字母、注音符号、拼音、日文平假名、日文片假名、标点符号、数学序号、数学符号、单位符号、制表符和特殊符号。

（1）打开软键盘

用鼠标右键单击"软键盘"按钮，即可弹出软键盘菜单，如图1-6所示。

选择一种软键盘，例如选择"PC键盘"，屏幕上就会显示出该软键盘中所包含的全部符号。单击所需要的符号，则将该符号输入到文档中。

图1-6 开启软键盘

（2）关闭软键盘

如果要关闭软键盘，可用鼠标左键单击"软键盘"按钮。

1.5 输入法的基本操作

1.5.1 设置输入法属性

大多数输入法都可以设置它的使用功能。例如，常用的设置项目有光标跟随、逐渐提示、词语联想等项目。用户可以根据自己的需要设置这些功能项目。具体操作步骤如下：

（1）鼠标右键单击语言栏菜单，在弹出的菜单中选择"设置"命令。屏幕上将弹出"文字服务和输入语言"对话框，单击"设置"选项卡。

（2）在"已安装的服务"栏中，用鼠标单击要设置属性的输入法，如"王码五笔型输入法86版"，然后单击"属性"按钮，屏幕上会弹出"输入法设置"对话框，如图1-7所示。

图1-7 设置输入法属性

4

（3）在"编码查询"栏中选择"全拼"。

图 1-7 中有 5 个复选项可供选择，其具体含义如下：

- 词语联想：选中该项，表示允许词语联想；否则表示取消联想。
- 词语输入：选中该项，表示允许字词混合输入；否则表示取消词语输入。
- 逐渐提示：选中该项，表示允许检索提示；否则表示不允许。通常只有在出现重码时才出现选择提示。
- 外码提示：选中该项，表示外码提示有效；否则表示无效。
- 光标跟随：选中该项，表示词语选择随插入点光标一起移动；否则表示词语选择框不随光标移动，此时用户可以将词语选择框拖到屏幕上比较合适的位置，以便输入文字。

（4）单击"确定"按钮。

1.5.2 输入法的切换

输入法的切换是指从一种输入法转换到另一种输入法，比如，从"王码五笔型输入法"转换到"智能 ABC 输入法"。系统默认的输入法切换快捷键为"Ctrl+Shift"，按下该组合键，即可在各种输入法间切换。

用户也可以自定义输入法切换快捷键，具体操作步骤如下：

（1）用鼠标右键单击语言栏菜单，在弹出的菜单中选择"设置"命令，屏幕上将弹出"文字服务和输入语言"对话框。

（2）在"设置"选项卡内单击"键设置"按钮，屏幕上将弹出"高级键设置"对话框，如图 1-8 所示。

（3）在"操作"栏中选择"在不同的输入法语言之间切换"，单击"更改按键顺序"，屏幕上将弹出"更改按键顺序"对话框，在这里可进行快捷键的设置。

图 1-8　更改切换输入法的快捷键

1.5.3 设置系统启动后默认的输入法

用户可以将自己常用的输入法设置为系统默认的输入法，这样开机后不用任何操作就可以使用自己喜欢的输入法了。

Windows XP 操作系统默认的输入法为英文输入法，现在将系统默认的输入法改为"王码五笔型输入法 86 版"，具体操作如下：

（1）鼠标右键单击语言栏，在弹出菜单中选择"设置"命令，屏幕上将弹出"文字服务和输入语言"对话框。

（2）在"设置"选项卡中的"默认输入语言"栏中的下拉列表框中选择"中文（中国）—王码五笔型输入法 86 版"，如图 1-9 所示。

图 1-9　更改系统默认输入法

（3）单击"确定"按钮，这样"王码五笔型输入法 86 版"就成为系统默认输入法了。以后，只要一打开计算机，系统就会自动转到"王码五笔型输入法 86 版"。

1.5.4　设置输入法快捷键

在输入汉字的过程中，要想从一种输入法切换到另外一种输入法，可能需要多次按"Ctrl+Shift"组合键来进行切换。其实，我们只需为想用的输入法设置一个快捷键，就可以达到快速切换输入法的目的。具体操作如下：

（1）鼠标右键单击语言栏，在弹出菜单中选择"设置"命令，屏幕上将弹出"文字服务和输入语言"对话框。

（2）在"设置"选项卡内单击"键设置"按钮，屏幕上将弹出"高级键设置"对话框。

（3）在"操作"栏中，选中想要设置快捷键的输入法，如"王码五笔型输入法 86 版"，点击"更改按键顺序"按钮，屏幕上将弹出"更改按键顺序"对话框，在这里可进行快捷键的设置，比如设置为"Ctrl+Shift+1"，如图 1-10 所示。

（4）单击"确定"按钮，这样，以后只要按下快捷键"Ctrl+Shift+1"，就可以切换到"王码五笔型输入法 86 版"。

图 1-10　设置输入法快捷键

1.5.5　输入法高级设置功能

1. 造词

启动输入法后，用鼠标右键单击输入法状态窗口，在菜单中选择"手工造词"，屏幕上会弹出"手工造词"对话框，在此输入新的词语，系统会自动编码，如图 1-11 所示。

2. 查询

Windows 操作系统支持使用某种输入法查询特定输入法编码的功能，具体操作步骤为：

（1）用鼠标右键单击语言栏，在弹出的菜单中选择"设置"命令，屏幕上将弹出"文字服务和输入语言"对话框。

图 1-11　手工造词

（2）在"设置"选项卡的"已安装的服务"栏中，用鼠标单击要设置属性的输入法，例如选择"王码五笔型输入法 86 版"，然后单击"属性"按钮，屏幕上将弹出"输入法设置"对话框。

（3）在"编码查询"框中选择一种输入法，例如选择"全拼"，如图 1-12 所示，选中"外码提示"项，再单击"确定"按钮。

图 1-12　编码查询

这样，每输入完一个汉字，在外码窗即显示出被查询的输入法编码，可以帮助学习和查询另外一个输入法的编码方法。也就是说，用五笔字型输入汉字后，我们就可以看到该汉字的全拼编码。

3. 字符集

通过检索字符集设置，在输入过程中可方便地选择不同的字符集，以提高输入效率。设置检索字符集的方法是：

（1）进入"输入法设置"对话框。

（2）在"检索字符集"框中，选中一字符集（GB2312 或 GBK），然后单击"确定"按钮。

4. 造词程序

具体方法为：

（1）单击"开始"→"程序"→"附件"→"造字程序"命令。

（2）在"造字程序"窗口中自定义一个新字后。

（3）使用"编辑"菜单中的"链接"命令，即可输入该字的输入法编码。当再次使用这种输入法时，就可以用此外码输入自定义的新字了。

图 1-13　删除输入法

5. 删除输入法

对于一些长期不用的输入法会消耗系统的内存，浪费系统资源，应将其卸载。对于已经卸载的输入法，如果下次想再次使用，重新安装即可。

具体步骤如下：

（1）用鼠标右键单击语言栏，在弹出的菜单中选择"设置"命令，屏幕上将弹出"文字服务和输入语言"对话框。

（2）在"设置"选项卡中的"已安装的服务"栏中，单击要删除的输入法，如"中文（简体）—智能 ABC"，然后单击"删除"按钮，如图 1-13 所示。

（3）单击"确定"按钮完成删除。

1.6　五笔字型版本简介

1.6.1　王码笔字型输入法 86 版和 98 版

王码五笔字型输入法在发展过程中形成了最常用的两种编码方案，即 86 版和 98 版，二者在编码原则上大同小异。

五笔字型输入法 86 版就是老式的五笔，又称 4.5 版。该版本使用 130 个字根，可处理 GB 2312 汉字集中的 6763 个汉字。由于习惯问题，它至今仍然是用户群最大的编码方案。

五笔字型输入法 98 版则是一种改进型的方案，其编码的科学性更强，更易于学习和使用。该版本使用 245 个码元，可处理中、日、韩大字集中的 21003 个汉字。

虽然设计者认为，86 版的字根设置不如 98 版科学，但是由于 86 版较先发布，使用者和输入法程序都比 98 版多。

1.6.2　其他五笔输入法

在王码五笔出现之后，又出现了许多其他的五笔输入法。由于 86 版编码的专利开放，它们大多采用 86 版的编码方式，但也有使用者提供 98 版编码的码表。它们在造词等功能上加以改进，也获得了一定的用户群。这其中也有一部分是以五笔编码形式为主的输入平台，它们不仅可以用五笔方式来输入，也可以根据用户的需求，安装不同的码表，以提供其他编码的输入方式。

五笔字型输入法是一种既科学又专业的汉字输入方法。虽然五笔字型输入法有很多不同的软件类型和版本，如搜狗五笔、智能五笔、极品五笔、万能五笔等，但是用户面最广、影响最大的还是五笔字型发明人王永民教授研发的王码五笔。

1. 搜狗五笔输入法

搜狗五笔输入法是当前互联网新一代的五笔输入法，并且承诺永久免费。搜狗五笔输入法与传统输入法不同的是，不仅支持随身词库（即网络同步功能），并且兼容搜狗拼音输入法的所有皮肤，特别是，可以使用五笔+拼音、纯五笔、纯拼音多种模式，使得输入适合更多人群。

（1）多种输入模式提供便捷输入途径

具有五笔拼音混合输入、纯五笔、纯拼音多种输入模式供用户选择，尤其在混输模式下，用户也不用切换到拼音输入法下去输入一个暂时用五笔打不出的字词，并且所有五笔字词均有编码提示，是增强五笔能力的有力助手。对于五笔高手来说，纯五笔的输入能让用户更得心应手，不影响已有的输入习惯。

（2）词库随身

包括自造词在内的便捷的同步功能，对用户配置、自造词甚至皮肤，都能上传下载，有网络的地方就能用属于自己的五笔。搜狗五笔是真正的互联网五笔输入法。

（3）人性化设置

功能强大，兼容多种输入习惯。即便是在某一输入模式下，也可以对多种输入习惯进行配置，如四码唯一上屏、四码截止输入、固定词频与否等，对有更高要求的用户可以随心所欲的让输入法改变。

（4）界面美观

兼容所有搜狗拼音可用的皮肤，资源丰富。

（5）搜狗手写

在搜狗的菜单中选"拓展功能"/"手写输入安装"项。手写还可以关联 QQ，适合不会打字的人使用。

2. 极品五笔输入法

极品五笔输入法对最终用户完全免费，无须注册。它兼容王码五笔字型 4.5 版，适应多种操作系统，通用性能较好，精心筛选词组 50000 条，创五笔词汇新标准。全面支持 GB2312—80 简体汉字字符集与 GBK 扩展字符集的输入。在用"Ctrl+M"键切换到 GBK 字符集输入生僻字时，避免了传统五笔对于一些生僻汉字不能输入的状况。

极品五笔输入法支持 Windows 7 操作系统，支持 64 位 Windows Vista 操作系统，简化了回车清除输入框/候选框/换行操作，用"Ctrl+序号"键可实现重码手动调序。

极品五笔输入法的词组数量有 52198 条，几乎收录了报刊杂志中的所有高频词组与常用词组，增设了一级简码高频联词；支持繁体输入；重码字词的顺序做了调整与优化，低频词组让位给高频词组，提高了重码字词更理想的兼容性；还提供了正确无误的在线造词功能。

3. 智能五笔输入法

智能五笔输入法是一套功能强大的汉字输入软件，支持 Windows VISTA 32/64 中文系统，兼容 IE7 的保护模式，不用关闭 UAC 等 VISTA 下的保护机制均可使用，使系统运行在安全模式下。

该输入法内置了直接支持国家 GB18030 标准，能输出二万七千多汉字编码的五笔，可输出一些不常用的汉字，是输出汉字最多的五笔输入法。它更具实用的陈桥拼音（增加了笔画输入），具有智能提示、语句输入、语句提示及简化输入、智能选词等多项非常实用的独特技术，还支持繁体汉字输出、各种符号输出、大五码汉字输出，内含丰富的词库和强大的词库管理功能。灵活强大的参数设置功能，可使绝大部分人员能称心地使用本软件。

4. 万能五笔输入法

万能五笔输入法的目的在于提供一种万能的多元汉字输入法，通过这种输入法，可以克服现有技术的缺点，以多重（多元）汉字编码代替传统的单一编码。具体地说，就是要设计并实现一种包含多种互不冲突、相辅相成、相互取长补短的汉字编码方案的万能汉字输入法，即在一种汉字编码输入状态下，对任意一个汉字或词组短语，同时存在多种编码输入途径，从而提供更便利、更高效的编码输入。

目前，万能五笔已经远远超出了输入法的范畴，它集成了目前流行的五笔、拼音、英语、笔画、拼音+笔画、英译中等多元编码，成为一个学习和使用连成一体、功能强大而又使用方便的输入软件，国内使用的人很多。

万能五笔输入法是一种以优先选择五笔字型高速输入为主的快速输入法。在万能五笔输入法窗口中，不需要切换，会五笔就打五笔，会拼音就打拼音，会英语就打英语，不会拼音不会英语就打笔画。也就是说，在输入五笔时，如果找不到要输入的字，可以用拼音或英译中输入想要的字或词。而且，各种输入法可以随意使用，无须转换，易学好用。另外，它不仅自带高达 10 万的大词库，同时还提供了用户自由组合输入法码表的自制功能，有效地提高了输入速度，而且还增加了输入窗口随心所欲更换界面皮肤功能，使输入界面更华丽更有个性化的风格。

第 2 章　键盘操作与指法训练

我们在使用计算机时经常需要通过键盘输入大量的数据，为提高输入速度，必须进行专门的指法训练。在进行指法训练前，首先要了解键盘上的键位分布情况，并按照正确的指法进行操作，以便逐步实现盲打，提高数据录入效率。

2.1　键盘的构成

键盘是向计算机输入数据的最主要的设备，各种程序和数据都可以通过键盘输入到计算机中。键盘是由一组排列成阵列的按键组成。目前最常见的键盘有 104 键和 107 键，后者比前者多了 Power、Sleep、Wake up 三个功能键，下面我们以 104 键键盘为例，介绍键盘的组成部分及各部分的功能，如图 2-1 所示。

图 2-1　键盘示意图

键盘上键位的排列有一定的规律。其键位按用途可分为主键盘区、功能键区、编辑键区和小键盘区。

2.1.1　主键盘区

主键盘区位于键盘中央偏左的大片区域，是使用键盘的主要区域，如图 2-2 所示，各种字母、数字、符号以及汉字等信息都是通过操作该区的按键输入到计算机的。当然，数字及运算符也可以通过小键盘输入。

1. 字母键

标准计算机键盘共有 26 个字母键。这 26 个字母键的排列位置是根据其使用频率安排的，使用频率较高的键放在中间，而使用频率较低的放在两侧，这种安排方式与人们手指的击键灵活性有关。食指、中指的灵活性和力度好，击键速度也相应较快，所以食指和中指负责的字母键都是使用频率最高的。

图 2-2　主键盘区

在字母键位上，每个键可输入大小写两种字母，大小写的转换用上档键"Shift"或"Caps Lock"键来实现。"Shift"键左右各一个，用于大小写字母的临时转换。

2. 数字键与符号键

数字键位于字母键的上方。每个键面上都有上下两种符号，也称双字符键，上面的符号称为上档符号（如@、#、$、%、^、&、*等），下面的符号称为下档符号，包括数字、运算符号（如-、=、\等）。可以通过"Shift"键进行转换。

另外，在输入汉字时，数字键还常常用于重码的选择。

3. 空格键

空格键位于标准字符键的最下方，是一个空白长条键。当输入的位置需要是空白时，可用空白字符代替，每击一下该键，便产生一个空格。

在插入状态，如果光标上有字，不管是一个还是右边一串，都一起向右移，可以用它来使该行字往右移动。

另外，在输入中文时，如果提示行中出现了多个字或词组，单击空格键，就表示要选用提示行的第一个字或词组。

4. 上档键"Shift"

上档键"Shift"位于主键盘区左下角和右下角的倒数第二个位置，两个键实际上等于一个，无论使用哪个，都产生同样的效果。

上档键主要用于辅助输入上档字符。在输入上档字符时，先按住上档键不放，然后再单击上档字符键位。

例如，如果要输入数字 2，直接单击数字键 2 即可；如果要输入字符"@"，则需先按下"Shift"键，再单击数字键 2，这时字符"@"就出现在文档中了。

又如，如果要输入小写字母 a，一般情况下直接单击"a"键即可；如果要输入大写字母 A，则需先按下"Shift"键，再单击字母键"a"，这时大写字母 A 就出现在文档中了。

5. 回车键"Enter"

回车键"Enter"位于标准字符键区的右边。

一般情况下，当用户向计算机输入命令后，计算机并不马上执行，直到按下回车键后才去执行，所以也称为执行键。在输入信息、资料时，按此键光标将换到下一行开头，所以又称回车键、换行键。不管是执行，还是换行，口语中统称为回车。当说到"回车"时，表示的就是击一下该键。

计算机上的任何输入，如发一个命令、输入一个标题或输入文章中的一个自然段等，结束时都需要输入回车键，以表明命令行、标题或一个自然段的结束。

6. 退格键"←Backspace"

退格键"←Backspace"位于标准字符键的右上角。单击该键一次，屏幕上的光标在现有位置退回一格（一格为一个字符位置），并抹去退回的那一格内容（一个字符），相当于删除刚输入的字符。

7. 控制键"Ctrl"

控制键"Ctrl"位于标准字符键区的左下角和右下角，两边各一个，作用相同。此键与其他键位组合在一起操作，起到某种控制作用。这种组合键称为组合控制键。

8. 转换键"Alt"

转换键"Alt"位于空格键的两边，主要用于组合转换键的定义与操作。该键的操作与"Shift"键、"Ctrl"键类似，必须按住不放，再单击其他键位才起作用，单独使用没有意义。

2.1.2 功能键区

功能键区位于键盘的最上一行，如图 2-3 所示。功能键又分为操作功能键和控制功能键。

图 2-3　功能键区

1. 操作功能键

操作功能键为"F1"～"F12"。操作功能键区的每一个键位具体表示什么操作都是由应用程序而定，不同的程序可以对它们有不同的操作功能定义。

2. 退出键"Esc"

退出键"Esc"位于键盘左上角第一个位置，主要作用是取消指令。有时用户输入指令后又觉得不需要执行，单击一下该键，就可以取消该操作。

3. 控制功能键（简称控制键）

控制功能键排列在键盘的右上角。通过对这些键位的操作来产生某种控制作用。这里仅介绍常用的两种控制键。

暂停键"Pause"：单击一下该键，暂停程序的执行，需要继续往下执行时，可以单击任意一个字符键。

屏幕打印控制键"Print Screen"：在 Windows 下，按"Print Screen"键将整个屏幕内容

复制到剪贴板，按"Alt+Print Screen"组合键将活动窗口内容复制到剪贴板。

2.1.3 编辑键区

编辑键主要是指在整个屏幕范围内，进行光标的移动操作和有关的编辑操作等，如图 2-4 所示。

1. 光标移动操作键

各光标移动键的作用分别是：

图 2-4 编辑键区

- 〈↑〉键：光标上移一行。
- 〈↓〉键：光标下移一行。
- 〈→〉键：光标右移一列。
- 〈←〉键：光标左移一列。
- 〈Home〉键：光标回到本行最左边开头的位置。
- 〈End〉键：光标移到本行最右边文字结束的位置。
- 〈PgUp〉键：使屏幕回到前一个画面，称为向前翻页键。
- 〈PgDn〉键：使屏幕翻回到后一个画面，称为向后翻页键。

〈Home〉、〈End〉、〈PgUp〉、〈PgDn〉这 4 个键的操作有时要根据具体软件的定义使用。

2. 编辑操作

插入键"Insert"和删除键"Delete"的作用分别是：

- "Insert"键。设置改写或插入状态。在插入状态时，一个字符被插入后，光标右侧的所有字符将右移一个字符的位置；改写状态时，用当前的字符代替光标处原有字符。
- "Delete"键。删除光标位置的一个字符。一个字符被删除后，光标右侧的所有字符将左移 1 个字符的位置。

2.1.4 小键盘区（数字/全屏幕操作键区）

小键盘区位于键盘的右侧，又叫数字键区，主要用于快速输入数字，如图 2-5 所示。

该键区的键多数分为上、下档。上档键是数字，下档键具有编辑和光标控制功能。

小键盘区的上下档转换是通过数字锁定键"Num Lock"进行。当右上角的指示灯 Num Lock 亮时，表示小键盘的输入锁定在数字状态，输入为数字 0～9 和小数点"."等；当需要小键盘输入为全屏幕操作键时，可以击打一下"Num Lock"键，即可以看见 Num Lock 指示灯

图 2-5 小键盘区

灭，此时表示小键盘已处于全屏幕操作状态，输入为全屏幕操作键。运算符号"+、−、*、/"不受上、下档转换的影响。

2.2 键盘操作

在进行键盘操作时，指法是熟练使用计算机的基础。所谓键盘操作指法，就是将打字键区所有键位合理地分配给双手各手指，使每个手指分工明确。正确的操作指法，不但能提高输入速度，而且可以提高输入质量。

2.2.1 键盘输入时的正确坐姿

初学键盘输入时，首先要注意姿势，如果初学时姿势不当，就很难做到准确快速地输入，也容易造成疲劳。正确的坐姿，如图 2-6 所示。

图 2-6 键盘输入时的正确坐姿

在键盘输入时，要注意以下几点：
（1）身体保持笔直、放松，稍偏于键盘右方，腰背不要弯曲。
（2）臀部尽量靠在坐椅后部，双膝平行，两脚平放在地面上，使全身的重心都落在椅子上。
（3）两肘轻松地靠在身体两侧，手腕平直，双手手指自然弯曲，轻放在规定的基本键位上。人与键盘的距离，可移动椅子或键盘的位置来调节，以人能保持正确的姿势为好。
（4）显示器放在键盘的正后方，输入原稿的前面，先将键盘右移 5cm，再将原稿紧靠键盘左侧放置，方便阅读。

2.2.2　基准键位和指法分区

键盘上的基准键位与手指的对应关系，如图 2-7 所示。

基准键位是键盘上第 3 排的 8 个键位（A、S、D、F、J、K、L 及;）。

图 2-7　键盘指法分区图

　　按照图 2-7 所示将手指轻放在基准键上，会发现 F 键和 J 键上有两个小横线，它们是用来定位的。每次操作时，先将左右手的食指固定在这两个基准键上，其他手指顺序排开，这样可保证手指所放位置正确。

　　8 个基准键位手指的对应关系，必须牢牢记住，切不可有半点差错，否则基准键不准，后患无穷。在基准键的基础上，对于其他字母、数字、符号都采用与 8 个基准的键位相对应的位置来记忆。

　　每个键位均有固定的手指负责，从图上的划分很容易弄清楚用哪个手指击哪些键位。击键时，手指均从基准键位上伸出，击键完毕，手指必须返回到相应的基准键位上。打字时，必须按照手指的分工击键，否则，指法混乱，影响输入速度。

1. 左手分工

小指规定所打的键位有：1、Q、A、Z。

无名指规定所打的键位有：2、W、S、X。

中指规定所打的键位有：3、E、D、C。

食指规定所打的键位有：4、R、F、V、5、T、G、B。

2. 右手分工

小指规定所打的键位有：0、P、;、/。

无名指规定所打的键位有：9、O、L、.。

中指规定所打的键位有：8、I、K、,。

食指规定所打的键位有：7、U、J、M、6、Y、H、N。

3. 大拇指

两只手的大拇指专击空格键。

4. 键位的击法

（1）字键的击法

击键时，手腕要平直，手臂要保持静止，全部动作仅限于手指部分，上身其他部位不要接触工作台或键盘。手指要保持弯曲，稍微拱起，指尖后的第一关节微成弧形，分别轻轻地放在键的中央。输入时，手抬起，只有要击键的手指才可伸出击键。击键完毕立即缩回，不可用触摸手法，也不可停留在已点击的键上。输入过程中，要用相同的节拍轻轻地击键，不可用力过猛。

（2）空格的击法

需要输入空格时，将手从基准键上迅速垂直上抬1～2cm，大拇指横着向下击打一下并立即回归，每击一次输入一个空格。

（3）换行键的击法

需要换行时，用右手小指点击一次"Enter"，点击后右手立即退回到原基准键位，在手回归过程中小指弯曲，以免把分号";"带入。

（4）上档字符的击法

若输入左手管辖的上档字符，则由右手小指按下"Shift"键，用左手规定的手指击打相应的上档字符；若输入右手管辖的上档字符，则由左手小指按下"Shift"键，用右手规定的手指击打相应的上档字符。

（5）控制键、转换键的击法

键盘打字区两边的Ctrl、Alt键，分别由左右手的小指负责，这些键单独击打不产生任何符号。因此，需要时，用一只手的小指按住该键不放，另一只手再击打其他键位，完成组合击键后，返回基本键位。

2.3 指法训练

指法训练主要是根据键盘上的字符键，以基准键为中心，从易到难分为若干组，每组一小节依次介绍。指法训练其实就是熟悉键位的过程，实践性很强，只有勤于动手才能掌握。其目的就是以基准键为中心，十指分工，包指到键，各负其责，准确而迅速地点击每个键。

2.3.1　基准键（A、S、D、F、J、K、L、；键）

在键盘中，A、S、D、F和J、K、L、；这8个键称为基准键位，如图2-8所示。

基本键位是左右手指的固定位置，练习时，应按规定把手指分布在基准键上，有规律地练习每个手指的指法和键盘感。其中F和J键上有凸起，将两手食指固定其上，大拇指放在空格键上。初练时，每个指头连击三次指下的基本键位。每次换击下一个键位前，用右手拇指击打一次空格键位，再换手指击打下一个基本键位。

图 2-8　基准键位

输入8个基准键上的字符，要注意以下3个方面：

（1）在练习过程中，始终要保持正确的姿势。

（2）手指必须按规定位置放置，在非击键时刻，手的重力都分散于指下基准键上；击键时只用一个手指击键；练习过程中，禁止看键盘。

（3）由于所有键位都是用与基准键的相对位置来记忆的，每击一键后，立即回到基准键以便继续输入。这种方法要贯穿于键盘操作的始终。

输入下列字符，练习基准键的击打方法。

fff	fff	fff	jjj	jjj	jjj
ddd	ddd	ddd	kkk	kkk	kkk
sss	sss	sss	lll	lll	lll
aaa	aaa	aaa	;;;	;;;	;;;
ass	ass	ass	add	add	add
aff	aff	aff	ffdd	ffdd	ffdd
ddssaa	dfdf	dfdf	dsad	dsaf	dsaf
jkk	jkk	jkk	jll	jll	jll
j;;	j;;	j;;	kkll	kkll	kkll
jkl;	jkl;	jkl;	;lkj	;lkj	;lkj
kl;j	kl;j	kl;j	l;jk	l;jk	l;jk

skdl	skdl	skdl	jfa;	jfa;	jfa;
klas	klas	klas	;las	;las	;las
aslkd	jfskl	skdfj	ssla	skla	Kdls
klds	ssk;	fsjk	ssad	kjdkl	kajs
;aldk	;kdll	laks	;ask	skja	dklfa
jksl;f	kksld;	kaskjf	jdkls	askdl	la;kd
laskdj	l;ajfd	aklsf	l;alsjf	lsa;jf	ksdla
akkdf	kfjksl	sjfjja	fjdksla;	dksla;f	asdfkl
kdslfjk	lskdlk	sdasl;	jksfja	jksld	asdfjkl;

2.3.2 G、H 键

G 和 H 两键位于 8 个基准键的中央，如图 2-9 所示。

图 2-9 G、H 键

根据键盘分区的规则，G 键由左手食指管制，H 键由右手食指管制。

输入 G 键时，抬左手用原击 F 键的食指向右伸一个键位的距离击 G 键，击打完毕立即缩回。

输入 H 键时，用原击 J 键的右手食指向左伸一个键位的距离击 H 键。

输入下列字符，练习 G、H 键的击打方法。

gghh	gghh	gghh	hhgg	hhgg	hhgg
ggjj	ggjj	ggjj	hhff	hhff	hhff
ggkk	ggkk	ggkk	hhdd	hhdd	hhdd
ggll	ggll	ggll	hhss	hhss	hhss
gg;;	gg;;	gg;;	hhaa	hhaa	hhaa
asdfg	asdfg	asdfg	hjkl;	hjkl;	hjkl;
gkl;	gkl;	gkl;	hdsa	hdsa	hdsa
dhgk	dhgk	dhgk	kghd	kghd	kghd
aklsh	aklsh	aklsh	kljdg	kljdg	kljdg
shgdk	shgdk	shgdk	jhghk	jhghk	jhghk
sghd	ddhsah	khgsh	dghks	lhgsa	hsgls
hsggl	hhkdgs	hlslg	khsg	saghk	lhg;d
hsagh	shllg	ashlgs	dghlsg	ahgslg	sghsglk
Khdgad	Asghdl;	Aghlgk	Lshgss	Lsghslg	lsggha

2.3.3 E、R、T、Y、U、I键

E、R、T、Y、U、I键的位置如图2-10所示。

图2-10 E、R、T、Y、U、I键

E、I两键的键位在第3排，根据键盘分区规则，输入E字符应由原击D键的左手中指去击E键。其指法是，左手竖直抬高1～2cm，中指向前（微偏左方）伸出击E键。同样，输入I字符时，由原击K键的右手中指用与左手同样的动作击I键。

R、T、Y、U这4个键分布于键盘的基准键位的上端。

输入R时，用原击F键的左手食指向前（微偏左）伸出击R键，击打完毕立即缩回，放在基准键上。若该手指向前（微偏右）伸，就可击T键，输入T。

输入U时，用原击J键的右手食指向前（微偏左）击U键。

输入Y时，右手食指要向U键的左方移动一个键位的距离。Y键是26个英文字母中两个击键难度较大的按键之一，要反复多次练习。

 输入下列字符，练习E、R、T、Y、U、I键的击打方法。

eerrtt	eerrtt	eerrtt	yyuuii	yyuuii	yyuuii
rreett	rreett	rreett	uuyyii	uuyyii	uuyyii
ttrree	ttrree	ttrree	iiuuyy	iiuuyy	iiuuyy
eeuuii	eeuuii	eeuuii	iirrtt	iirrtt	iirrtt
eettuu	eettuu	eettuu	uuttrr	uuttrr	uuttrr
rryyii	rryyii	rryyii	uueerr	uueerr	uueerr
ttuuyy	ttuuyy	ttuuyy	yyrree	yyrree	yyrree
rriiuu	rriiuu	rriiuu	yyeett	yyeett	yyeett
ertyui	ertyui	ertyui	yuiert	yuiert	yuiert
iuytr	iuytr	iuytr	ertui	ertui	ertui
sdgh	sdgh	sdgh	lkhu	lkhu	lkhu
asyt	asyt	asyt	jklu	jklu	jklu
yahr	yahr	yahr	uyrd	uyrd	uyrd
rkah	rkah	rkah	irhk	irhk	irhk
rtys	rtys	rtys	kehj	kehj	kehj
ushe	ushe	ushe	ekhs	ekhs	ekhs
iusr	iusr	iusr	iukd	iukd	iukd
ahyru	yshk	klrt	uehs	eutg	syghe
adhyte	shyre	shyrei	ksuyk	dhlyr	liuey
idhgy	ieryls	yiuer	luyer	hdgry	ykyshr

2.3.4 Q、W、O、P 键

Q、W、O、P 键位于键盘的左上部和右上部，如图 2-11 所示。

图 2-11　Q、W、O、P 键

输入 W 时，抬左手，用原击 S 键的无名指向前（微偏左）伸出击 W 键；输入 Q 时，改用小指击 Q 键即可。

输入 O 时，抬右手，用原击 L 键的无名指向前（微偏左）伸出击 O 键；输入 P 时，改用小指击 P 键即可。

小指击键准确度差，回归基准键时容易发生错误。

输入下列字符，练习 Q、W、O、P 键的击打方法。

qqww	qqww	qqww	oopp	oopp	oopp
wwoo	wwoo	wwoo	ppqq	ppqq	ppqq
qqpp	qqpp	qqpp	ppww	ppww	ppww
wwpp	wwpp	wwpp	ooww	ooww	ooww
quit	quit	quit	word	word	word
pore	pore	pore	past	past	past
wart	wart	wart	germ	germ	germ
good	good	good	seat	seat	seat
opts	opts	opts	gets	gets	gets
hart	hart	hart	kook	kook	kook
lout	lout	lout	dope	dope	dope
wood	wood	wood	what	what	what
other	other	other	pear	pear	pear
putt	putt	putt	eras	eras	eras
pats	pats	pats	quite	quite	quite

point	point	point	wider	wider	wider
quote	quote	quote	whine	whine	whine
peas	peas	peas	poet	poet	poet
power	power	power	qwerty	qwerty	qwerty
operas	operas	operas	quote	quote	quote

2.3.5　V、B、N、M 键

V、B、N、M 键位于标准键的下面一排偏右，按指法分区，分别属于两手的食指管制，如图 2-12 所示。

图 2-12　V、B、N、M 键

输入 V 时，用原击 F 键的左手食指向内（微偏右）屈伸击 V 键；输入 B 时，左手食指比输入 V 时向右移一键位的距离，击 B 键。

输入 M 时，用右手原击 J 键的食指向内（微偏右）屈伸击 M 键。输入 N 时右手食指向内（微偏左）屈伸击 N 键。

B 键较难击准，击后向基准键回归也较难控制，因此，在做练习之前，应先熟悉键位。

输入下列字符，练习 V、B、N、M 键的击打方法。

vvbb	vvbb	vvbb	nnmm	nnmm	nnmm
bbnn	bbnn	bbnn	nnvv	nnvv	nnvv
bbmm	bbmm	bbmm	mmvv	mmvv	mmvv
vvmm	vvmm	vvmm	mmbb	mmbb	mmbb
veer	veer	veer	bout	bout	bout
nard	nard	nard	moot	moot	moot
body	body	body	ovum	ovum	ovum
over	over	over	vita	vita	vita

vest	vest	vest	note	note	note
mare	mare	mare	near	near	near
bight	bight	bight	velar	velar	velar
seem	seem	seem	seam	seam	seam
tour	tour	tour	kind	kind	kind
team	team	team	noon	noon	noon
turbo	turbo	turbo	vine	vine	vine
opine	opine	opine	font	font	font
glean	glean	glean	quant	quant	quant
wined	wined	wined	blonde	blonde	blonde
point	point	point	moon	moon	moon
laden	laden	laden	boomers	boomers	boomers

2.3.6　Z、X、C 键

Z、X、C 键如图 2-13 所示，这 3 个键是操作中极易击错的键位，需反复练习。

图 2-13　Z、X、C 键

这 3 个键的位置位于标准键下面一排偏左。

由键盘分区可知，输入 C 时，用原击 D 键的左手中指向手心方向（微偏右）屈伸击 C 键。

输入 X 和 Z 键时的手法、方向和距离与输入 C 键时相同。其差别是：输入 X 用左手无名指击 X 键；输入 Z 键时，用左手小指击 Z 键。

输入下列字符，练习 Z、X、C 键的击打方法。

zzxx	zzxx	zzxx	zzcc	zzcc	zzcc
xxcc	xxcc	xxcc	xxzz	xxzz	xxzz
cczz	cczz	cczz	ccxx	ccxx	ccxx
zone	zone	zone	zeal	zeal	zeal
cool	cool	cool	zoon	zoon	zoon
clod	clod	clod	crag	crag	crag
box	box	box	cage	cage	cage
tax	tax	tax	pox	pox	pox

cough	cough	cough	refax	refax	refax
expel	expel	expel	expect	expect	expect
taxi	taxi	taxi	taxed	taxed	taxed
zeta	zeta	zeta	apex	apex	apex
lick	lick	lick	text	text	text
ooze	ooze	ooze	cider	cider	cider
next	next	next	vicar	vicar	vicar
azoth	azoth	azoth	booze	booze	booze
zooms	zooms	zooms	hicks	hicks	hicks
snooze	snooze	snooze	oversize	oversize	oversize
mocha	mocha	mocha	quizzes	quizzes	quizzes
winze	winze	winze	decant	decant	decant

2.3.7　符号键

　　键盘上还有一些字符，如+、-、*、/、(、)、#、$、!、%、&等，这些字符的输入也必须按照它们各自的分区，用相应的手指按规则击键输入，只要熟悉了字母键和符号的击键方法，字符的输入也就很简单了。

　　在输入符号时，需用"Shift"键适当配合，该键由小指控制。

- 要输入由右手管制的符号时，先用左手小指按左边"Shift"键，再用右手手指击相应的符号键，击打完毕两手缩回。
- 要输入由左手管制的符号时，则需右手小指按右边"Shift"键，再由左手手指击相应的符号键。

 输入下列字符，练习符号键的击打方法。

!! @@	!! @@	!! @@	##$$	##$$	##$$
%%^^	%%^^	%%^^	&&**	&&**	&&**
(())	(())	(())	_+_+	_+_+	_+_+
(@@@)	(@@@)	(@@@)	*%%%*	*%%%*	*%%%*
^&&&^	^&&&^	^&&&^	$^^^$	$^^^$	$^^^$
@!!!@	@!!!@	@!!!@	#+++#	#+++#	#+++#
)%%%)	)%%%)	)%%%)	^###^	^###^	^###^
$$$	*$$$*	*$$$*	@***@	@***@	@***@
_	*_*	*_*	:) :)	:) :)	:) :)
:(:(	:(:(	:(:(	(*_*)	(*_*)	(*_*)
&*_*&	&*_*&	&*_*&	(!_!)	(!_!)	(!_!)
!@#$%	!@#$%	!@#$%	^&*()	^&*()	^&*()
*#(!	*#(!	*#(!	@)*!	@)*!	@)*!
&^#@	&^#@	&^#@	(*&)	(*&)	(*&)

_&*%	_&*%	_&*%	+)$!^	+)$!^	+)$!^
<*_*>	<*_*>	<*_*>	(?_?)	(?_?)	(?_?)
;_$^$_;	;_$^$_;	;_$^$_;	{^^##}	{^^##}	{^^##}
ABCD	ABCD	ABCD	EFGH	EFGH	EFGH
afafFhH	afafFhH	afafFhH	kZUW	kZUW	kZUW

2.3.8 数字键

数字位于键盘上标准键盘区的最上端，如图 2-14 所示。

图 2-14　数字键

由键盘分区各手指的分管范围可知，左起各手指与各数字键之间的排列除左手食指分管 4、5；右手食指分管 6、7 各两个数字键外，其余依次呈一一对应关系。

击数字键的指法，按不同的使用场合分为两种。

1. 直接击键输入

该法用于某段程序中的纯数字输入和由纯数字编码的汉字的输入。在输入时，两手手指可直接放在数字键上，击键方式就和击基准键的手法一样。输入数字 5、6 时，也和输入英文字母 G、H 两键的指法相同。

2. 普通击键输入

在计算机键盘输入中，原稿如果是数字、字母相间的场合。必须掌握基础练习中一贯采用的从基准键出发，击键后再返回基准键上的方法。然后，按键盘分区的手指管制范围，遇到数字时，手指向第 4 排数字键伸击。

 输入下列字符，练习数字键的击打方法。

1111	1111	1111	2222	2222	2222
3333	3333	3333	4444	4444	4444
5555	5555	5555	6666	6666	6666
7777	7777	7777	8888	8888	8888
9999	9999	9999	0000	0000	0000
1234	1234	1234	5678	5678	5678

9012	9012	9012	3456	3456	3456
7890	7890	7890	9348	9348	9348
2580	2580	2580	9138	9138	9138
7230	7230	7230	3481	3481	3481
a1a1	a1a1	a1a1	s2s2	s2s2	s2s2
d3d3	d3d3	d3d3	f4f4	f4f4	f4f4
g5g5	g5g5	g5g5	h6h6	h6h6	h6h6
j7j7	j7j7	j7j7	k8k8	k8k8	k8k8
l919	l919	l919	;0;0	;0;0	;0;0
h8e3	h8e3	h8e3	k0m2	k0m2	k0m2
i29n	i29n	i29n	l38c	l38c	l38c
5bz9	5bz9	5bz9	m1s0	m1s0	m1s0

2.4 指法综合练习

至此,我们已经详细讲述了键盘指法。下面我们将进行英文字母的综合指法练习,练习时,切记手指一定要按照要求分布在基准键的相应键位上。对于基准键以外的其他键,击打完后,应立即回到基准键的键位上,这是对初学者的最基本要求,其目的是经过多次的严格训练后,使初学者能够正确和熟练地掌握好基准键和其他各键范围的距离和位置。

2.4.1 左手基准键混合练习

 输入下列字符,练习左手手指击键的准确性和灵活性。

asdfg	asdfg	asdfg	asdfg	asdfg	asdfg
sadfg	sadfg	sadfg	sadfg	sadfg	sadfg
fasdg	fasdg	fasdg	fasdg	fasdg	fasdg
gfdsa	gfdsa	gfdsa	gfdsa	gfdsa	gfdsa
fgdsa	fgdsa	fgdsa	fgdsa	fgdsa	fgdsa
agdsf	agdsf	agdsf	agdsf	agdsf	agdsf
sgdaf	sgdaf	sgdaf	sgdaf	sgdaf	sgdaf
afsdg	afsdg	afsdg	afsdg	afsdg	afsdg
dasfg	dasfg	dasfg	dasfg	dasfg	dasfg
dfgsa	dfgsa	dfgsa	dfgsa	dfgsa	dfgsa
gdsfa	gdsfa	gdsfa	gdsfa	gdsfa	gdsfa
gfasd	gfasd	gfasd	gfasd	gfasd	gfasd

2.4.2　右手基准键混合练习

输入下列字符，练习右手手指击键的准确性和灵活性。

hjkl;	hjkl;	hjkl;	hjkl;	hjkl;	hjkl;
jhkl;	jhkl;	jhkl;	jhkl;	jhkl;	jhkl;
kl;hk	kl;hk	kl;hk	kl;hk	kl;hk	kl;hk
khj;l	khj;l	khj;l	khj;l	khj;l	khj;l
jkh;l	jkh;l	jkh;l	jkh;l	jkh;l	jkh;l
;lkjh	;lkjh	;lkjh	;lkjh	;lkjh	;lkjh
;hkjl	;hkjl	;hkjl	;hkjl	;hkjl	;hkjl
l;kjh	l;kjh	l;kjh	l;kjh	l;kjh	l;kjh
lk;hj	lk;hj	lk;hj	lk;hj	lk;hj	lk;hj
h;lkj	h;lkj	h;lkj	h;lkj	h;lkj	h;lkj
jk;lh	jk;lh	jk;lh	jk;lh	jk;lh	jk;lh
h;ljk	h;ljk	h;ljk	h;ljk	h;ljk	h;ljk

2.4.3　基准键和 Shift 键混合练习

1. 左手练习

输入下列字符，练习左手手指与 Shift 键的配合度。

Asdfg	Asdfg	Asdfg	Asdfg	Asdfg	Asdfg
Sadfg	Sadfg	Sadfg	Sadfg	Sadfg	Sadfg
Fasdg	Fasdg	Fasdg	Fasdg	Fasdg	Fasdg
Gfdsa	Gfdsa	Gfdsa	Gfdsa	Gfdsa	Gfdsa
Fgdsa	Fgdsa	Fgdsa	Fgdsa	Fgdsa	Fgdsa
Agdsf	Agdsf	Agdsf	Agdsf	Agdsf	Agdsf
Sgdaf	Sgdaf	Sgdaf	Sgdaf	Sgdaf	Sgdaf
Afsdg	Afsdg	Afsdg	Afsdg	Afsdg	Afsdg
Dasfg	Dasfg	Dasfg	Dasfg	Dasfg	Dasfg
Dfgsa	Dfgsa	Dfgsa	Dfgsa	Dfgsa	Dfgsa
Gdsfa	Gdsfa	Gdsfa	Gdsfa	Gdsfa	Gdsfa
Gfasd	Gfasd	Gfasd	Gfasd	Gfasd	Gfasd

2. 右手练习

输入下列字符，练习右手手指与 Shift 键的配合度。

Hjkl;	Hjkl;	Hjkl;	Hjkl;	Hjkl;	Hjkl;
Jhkl;	Jhkl;	Jhkl;	Jhkl;	Jhkl;	Jhkl;
Kl;Hk	Kl;Hk	Kl;Hk	Kl;Hk	Kl;Hk	Kl;Hk
Khj;L	Khj;L	Khj;L	Khj;L	Khj;L	Khj;L
Jkh;L	Jkh;L	Jkh;L	Jkh;L	Jkh;L	Jkh;L
;Lkjh	;Lkjh	;Lkjh	;Lkjh	;Lkjh	;Lkjh
;Hkjl	;Hkjl	;Hkjl	;Hkjl	;Hkjl	;Hkjl
L;Kjh	L;Kjh	L;Kjh	L;Kjh	L;Kjh	L;Kjh
Lk;Hj	Lk;Hj	Lk;Hj	Lk;Hj	Lk;Hj	Lk;Hj
H;Lkj	H;Lkj	H;Lkj	H;Lkj	H;Lkj	H;Lkj
Jk;Lh	Jk;Lh	Jk;Lh	Jk;Lh	Jk;Lh	Jk;Lh
H;Ljk	H;Ljk	H;Ljk	H;Ljk	H;Ljk	H;Ljk

2.4.4 基准键混合拼写练习

输入下列字符，练习左手指和右手手指的灵活性，以及与 Shift 键的配合度。

Akhds	Akhds	Akhds	Akhds	Akhds	Akhds
Lkdsh	Lkdsh	Lkdsh	Lkdsh	Lkdsh	Lkdsh
Kshaj	Kshaj	Kshaj	Kshaj	Kshaj	Kshaj
L;Sak	L;Sak	L;Sak	L;Sak	L;Sak	L;Sak
Hdaks	Hdaks	Hdaks	Hdaks	Hdaks	Hdaks
Jgdsa	Jgdsa	Jgdsa	Jgdsa	Jgdsa	Jgdsa
Dkjgh	Dkjgh	Dkjgh	Dkjgh	Dkjgh	Dkjgh
Hgkds	Hgkds	Hgkds	Hgkds	Hgkds	Hgkds
Kahdg	Kahdg	Kahdg	Kahdg	Kahdg	Kahdg
Skfga	Skfga	Skfga	Skfga	Skfga	Skfga
Lk;Sg	Lk;Sg	Lk;Sg	Lk;Sg	Lk;Sg	Lk;Sg
Dakhg	Dakhg	Dakhg	Dakhg	Dakhg	Dakhg

2.4.5　数字键盘综合练习

 输入下列字符，练习数字键盘的使用。

01234	01234	01234	01234	01234	01234
56789	56789	56789	56789	56789	56789
14785	14785	14785	14785	14785	14785
52369	52369	52369	52369	52369	52369
0257.	0257.	0257.	0257.	0257.	0257.
34208	34208	34208	34208	34208	34208
942.3	942.3	942.3	942.3	942.3	942.3
67954	67954	67954	67954	67954	67954
1+2+3	1+2+3	1+2+3	1+2+3	1+2+3	1+2+3
8/2*3	8/2*3	8/2*3	8/2*3	8/2*3	8/2*3
−8953	−8953	−8953	−8953	−8953	−8953
10^2	10^2	10^2	10^2	10^2	10^2

2.4.6　上排键练习

 输入下列字符，练习基准键与上排键间的距离和键位的角度。

yuioe	yuioe	yuioe	yuioe	yuioe	yuioe
uoipr	uoipr	uoipr	uoipr	uoipr	uoipr
qwery	qwery	qwery	qwery	qwery	qwery
wureq	wureq	wureq	wureq	wureq	wureq
yuret	yuret	yuret	yuret	yuret	yuret
reqwo	reqwo	reqwo	reqwo	reqwo	reqwo
poerq	poerq	poerq	poerq	poerq	poerq
ytrow	ytrow	ytrow	ytrow	ytrow	ytrow
tyoiw	tyoiw	tyoiw	tyoiw	tyoiw	tyoiw
jukil	jukil	jukil	jukil	jukil	jukil
q;auer	q;auer	q;auer	q;auer	q;auer	q;auer
ghweo	ghweo	ghweo	ghweo	ghweo	ghweo
kotws	kotws	kotws	kotws	kotws	kotws
ghwei	ghwei	ghwei	ghwei	ghwei	ghwei
dkepe	dkepe	dkepe	dkepe	dkepe	dkepe
yhlq;	yhlq;	yhlq;	yhlq;	yhlq;	yhlq;
rdwlo	rdwlo	rdwlo	rdwlo	rdwlo	rdwlo

2.4.7 下排键练习

 输入下列字符，练习基准键与下排键间的距离和键位的角度。

bnmcx	bnmcx	bnmcx	bnmcx	bnmcx	bnmcx
mnzxc	mnzxc	mnzxc	mnzxc	mnzxc	mnzxc
cvm,./	cvm,./	cvm,./	cvm,./	cvm,./	cvm,./
vcnzx	vcnzx	vcnzx	vcnzx	vcnzx	vcnzx
nbvmc	nbvmc	nbvmc	nbvmc	nbvmc	nbvmc
xbzmn	xbzmn	xbzmn	xbzmn	xbzmn	xbzmn
zmnbx	zmnbx	zmnbx	zmnbx	zmnbx	zmnbx
bzxvm	bzxvm	bzxvm	bzxvm	bzxvm	bzxvm
ghzm;	ghzm;	ghzm;	ghzm;	ghzm;	ghzm;
mhasl	mhasl	mhasl	mhasl	mhasl	mhasl
Cn/sa	Cn/sa	Cn/sa	Cn/sa	Cn/sa	Cn/sa
zxdb	zxdb	zxdb	zxdb	zxdb	zxdb
Bmh/,	Bmh/,	Bmh/,	Bmh/,	Bmh/,	Bmh/,
jmk,l	jmk,l	jmk,l	jmk,l	jmk,l	jmk,l
Gb;cs	Gb;cs	Gb;cs	Gb;cs	Gb;cs	Gb;cs
szacf	szacf	szacf	szacf	szacf	szacf
jnkmh	jnkmh	jnkmh	jnkmh	jnkmh	jnkmh

2.4.8 综合练习

 输入下列字符，练习各键位击键的准确性。

oopp	oopp	oopp	kkzz	kkzz	kkzz
eemm	eemm	eemm	ttbb	ttbb	ttbb
jidz	jidz	jidz	dume	dume	dume
ehma	ehma	ehma	kpq,	kpq,	kpq,
rtwv	rtwv	rtwv	2h7b	2h7b	2h7b
oklsx	oklsx	oklsx	w53h	w53h	w53h
ernm	ernm	ernm	d,hu	d,hu	d,hu
hdqn	hdqn	hdqn	6.72	6.72	6.72
vfer	vfer	vfer	fi.5	fi.5	fi.5
ml;/	ml;/	ml;/	bed.	bed.	bed.
er35	er35	er35	tems	tems	tems
fso;	fso;	fso;	/f48	/f48	/f48
eryt	eryt	eryt	cejy	cejy	cejy
d,7r	d,7r	d,7r	mopq	mopq	mopq
4h/8	4h/8	4h/8	fhr.	fhr.	fhr.
o*/#	o*/#	o*/#	dfe;	dfe;	dfe;
dwrt	dwrt	dwrt	5h;f	5h;f	5h;f

2.4.9　文章录入练习

 按照正确指法输入下面的英文短文，以巩固指法。该短文可反复练习，以提高输入速度和准确率。

A composition with 150 words

The teacher asks his students to write a composition with 150 words. Little Tom thinks for a few minutes, and then begins to write, "I have a dog. He is black, only the nose is white." Tom stops write and counts the words: 20. He thinks for a few minutes again and goes on writing. "Every day I take Dick out for a walk." 9 words aging, 29 words in all. "I often give Dick a bath. He likes to have a bath, and I like to give him a bath. we both like a bath···" He counts the words again: 67. Tom looks at the blackboard, and then the floor, but he finds noting there. He goes on writing again, "Dick likes bread. So I often give him some bread. But sometimes we do not have any bread in the house, and then I do not give him any···" He stops and thinks. Then he writes quickly, "When I want Dick to come, I call again, 'Dick!' If he does not come, I go on calling, 'Dick! Dick! Dick!' If he does not come, I go on calling, Dick! Dick! Dick!" Tom counts the words: 149. He writes one more word "Dick!" Then he writes down his name on the paper and gives it to the teacher.

The Life on Internet

21st century is century of Internet. Internet is the information bridge of the new millennium, which bridges up cultural differences and narrows down geographic distance. Life on Internet begins to assume great importance in people's daily life.

Life on internet is a variety show. The latest current affairs can reach you in the shortest time. Either sports events or beauty competitions can be viewed live without an entrance ticket. You can also do shopping or see something you like through Internet. And don't forget that e-mail has become the most convenient and the cheapest way to chat with friends and get to know new friends.

Nevertheless, life on Internet is only part of our life. Internet is only a virtual world. Surfing the Internet may enrich your life. But too much sitting and lack of sports can be harmful to your health. If you want to be healthy, please go outdoors with your friends for more fresh air and sunshine.

Advertisements on TV

Today more and more advertisements are seen on the TV screen. Perhaps some people hate to watch the advertisements. But I think advertisements are necessary to the modern society.

They have been playing an important role in people's life.

First, the producers can benefit from advertisements on TV. If they want to make their products known to the public, they can use advertisements on TV. Because many people watch TV everyday, advertising on TV will get a good result. We can imagine: if there weren't advertisements on TV, how many people will know "Yuan Da", "Xin fei" and so on? So advertising is a good way to occupy the market.

Second, I think customers also benefit from them. Because of the advertisements on TV, we get to know many products, and we know the feature of the products. So we can make a better choice.

Advertisements on TV are of great use to society. I think it is a sign of the modern society. But advertisement must satisfy one important requirement - it must be true.

Healthy Life Style Is Good Medicine

It is true that a healthy life style is good medicine. In my opinion a healthy life includes reasonable diets, regular times for getting up in the morning and going to bed in the evening and constant exercises.

On the other hand, a poor life style is harmful to one's health. Some people develop a bad life style without any notice. I think that a poor life style may refer to heavy smoking, overdrinking, and overeating, etc.

Certainly a good life style is beneficial to one's health. For example, if one often gets up early and does morning exercise he will probably live long. However, if one has developed a poor life style, his health will be ruined in one way or another. And he will suffer from various diseases. Therefore, it is vital for anyone to form a good life style.

Will Computers Replace Us?

Computers are working all kinds of wonders. They seem to be so clever and can solve such complicated problems that some people think sooner or later they will replace us.

But I doubt whether there is such a possibility. My reason is very simple: computers are machine, not humans. Our tasks are far too various and complicated for any one single machine to perform. Probably the greatest difference between man and the computer is that the former can do things of his own accord while the latter can do nothing without being programmed.

In my opinion, computers will remain nothing but an extension of our human brains, no matter how complicated they may become.

第3章 金山打字通的安装和使用

为方便学生进行指法练习，我们介绍一款打字练习软件——"金山打字通"的使用方法，可以利用该软件进行打字训练。当然，同学们也可以使用其他打字练习软件进行打字训练。

金山打字通是金山公司推出的两款教育系列软件之一，是一款功能齐全、数据丰富、界面友好的、集打字练习和测试于一体的打字软件。

金山打字主要由英文打字、拼音打字、五笔打字、打字游戏等六部分组成。所有练习用词汇和文章都分专业和通用两种，用户可根据需要进行选择。英文打字由键位记忆到文章练习逐步让用户盲打并提高打字速度。五笔打字分86和98两个版本的编码，从字根、简码到多字词组逐层逐级的练习。拼音打字特别加入异形难辨字练习、连音词练习，方言模糊音纠正练习，以及HSK（汉语水平考试）字词的练习。这些练习给初学汉语或者汉语拼音水平不高的用户提供了极大的方便，同时也非常适合中小学生及外国留学生的汉语教学工作。

金山打字通的基本功能有：

（1）打字练习方式多样。为用户提供了英文打字、拼音打字、五笔打字三项基本的练习。

（2）测试方式合理。包括学前测试、速度测试两大方面。在速度测试方面又根据用户需求，分为屏幕对照、书本对照、同声录入三种方式。

（3）打字教程更专业。专业的打字教程做成形象生动的 Flash 形式，使用户能以最快的速度学会打字。

（4）打字游戏设计思维巧妙。提供了5款游戏，可以让用户在妙趣横生的游戏中，无形地提高对键盘的熟悉程度和文章盲打的水平。

3.1 安装"金山打字通"

3.1.1 下载软件

金山打字通是一个免费软件，用户可以到其官方网站免费下载。也可以用"百度"等搜索引擎来搜索并下载。

下面以使用"百度"搜索引擎为例，介绍其下载方法。

（1）打开浏览器，在地址栏中输入 www.baidu.com，确定后进入百度搜索页面。

（2）在搜索栏中输入"金山打字通下载"，单击"百度一下"按钮。

（3）在搜索结果页面中，搜索合适的链接，如图3-1所示。

（4）进入官方网站，如图3-2所示，右键单击"立即下载"按钮，在快捷菜单中选择"目标另存为"命令。

（5）在弹出的"另存为"对话框中，选择下载位置和文件名，单击"保存"按钮，如图3-3所示。

（6）系统将下载文件到本地硬盘，并显示下载进度，当下载完毕后单击"打开"按钮，即可开始安装。

图 3-1　搜索"金山打字通"软件

图 3-2　进入官方网站下载软件

图 3-3　选择下载位置

3.1.2 安装软件

安装"金山打字通"打字练习软件的步骤为

（1）运行安装程序，弹出如图 3-4 所示的"金山打字通 2010"安装向导，单击"下一步"按钮。

图 3-4　安装界面

（2）在"许可证协议"中，单击"我接受"按钮。

（3）在"金山打字游戏"页面中，根据需要确定是否安装打字游戏，单击"下一步"按钮，如图 3-5 所示。

（4）在弹出的"选择推荐软件"页面中，根据需要是否取消选中项，单击"下一步"按钮。

图 3-5　选择是否下载相关软件

（5）在"选择安装位置"页面中，软件默认的安装目录是"C:\Program Files\Kingsoft\TypeEasy\TypeEasy\"，可以通过"浏览"按钮选择其他安装位置，也可以采用默认位置，单击"下一步"按钮，如图 3-6 所示。

（6）在"选择'开始菜单'文件夹"中，直接单击"安装"按钮。

（7）程序将自动进行安装，安装完毕后显示安装完成页面，如图 3-7 所示，单击"下一步"按钮。

（8）最后单击"完成"按钮完成安装。

图 3-6　确定安装位置

图 3-7　安装完成

3.2　启动"金山打字通"

1. 启动

安装完成后，在桌面上将出现"金山打字通"的快捷方式，双击即可运行。也可以在"开始"菜单/"程序"项/"金山打字通"的程序组中执行金山打字通程序。

2. 用户登录

（1）在第一次使用该软件时，由于系统内无用户，将弹出"用户信息"对话框，如图3-8所示。

（2）在此输入用户名后，单击"加载"按钮。

（3）在"学前测试"对话框中，若愿意进行速度测试，将出现一个测试界面，在测试结束后，程序还会给出建议，建议进入哪个打字模块进行练习。

（4）如果不愿进行学前测试，只需单击"否"按钮，即可进入金山打字通的主界面。

该软件是支持多用户的，用户可在登录时，通过单击"加载"按钮，建立新的用户。下次进入时，双击列表中的用户名。

3. 主界面介绍

如图3-9所示，"金山打字通"主界面分3部分组成：系统菜单栏、功能模块按钮和用户管理按钮。

图 3-8 "用户信息"对话框

图 3-9 金山打字通主界面

（1）系统菜单栏。位于界面的左上方有"金山打字通 2010"字样，右边从左到右有 3个按钮，分别为"帮助"、"最小化窗口"、"关闭"按钮。

（2）功能模块按钮。在界面左侧，从上到下为功能模块按钮：英文打字、拼音打字、五笔打字、速度测试、打字游戏、上网导航、打字教程。

（3）用户管理按钮。界面下方为用户管理按钮，分别为个人记录、更改用户。

3.3 英文打字训练

单击主界面的"英文打字"按钮，就进入英文打字界面，如图 3-10 所示。

图 3-10　英文打字界面

英文打字练习共设有 4 种方案：键位练习（初级）、键位练习（高级）、单词练习、文章练习。

在英文打字的键位练习中，用户可以选择键位练习课程，分键位进行练习，先从最基本的键位开始练起，逐渐扩展到全部手指的键位，一步一步地熟悉键盘；而且软件增加了手指图形，不但可以提示每个字母在键盘的位置，更可以知道用哪个手指来敲击当前需要输入的字符。

用户在进行键位练习的时候，键位图会提示用户击键的位置，提示时键位显示为绿色。如果敲对，键变为原色；如果敲错，则在敲过的错误键上出现"×"号，直到敲到正确的键后，"×"号才会消失。

3.3.1　初级键位练习

初级键位练习是针对刚接触计算机，学习打字的用户准备的。

1. 键位练习（初级）

用户通过初级键位练习可以快速地熟悉各个键位在键盘的位置，为今后的练习做准备。

（1）系统默认进入"键位练习（初级）"，如图 3-11 所示。也可以单击"键位练习（初级）"选项卡启动该项练习。

（2）启动练习以后，键盘图提示用户击键的位置，被提示的键显示为绿色，击键正确时键的颜色恢复，否则会出现"×"号，直到击对后"×"号才会消失。

（3）此时，在状态栏显示时间、速度、进度和正确率。其中，速度单位 KPM，表示 key per minute。

2. 课程选择

单击"课程选择"按钮，将弹出如图 3-12 所示对话框，可以从下拉菜单中选择某一项进行练习。

图 3-11　初级键位练习

图 3-12　初级键位练习中的课程选择

提示

　　键位练习课程是按照人们循序渐进的学习规律设置的，先由最基本的键位开始练起，逐渐扩展到全部手指的键位。建议用户按照下拉菜单中选项的顺序，逐步地练习。

3. 数字键盘

　　单击"数字键盘"按钮，如图 3-13 所示，将进入"数字键盘课程"，在此可以进行数字键盘操作训练。

图 3-13　数字键盘练习

单击"标准键盘"按钮，可以切换到标准键盘练习。

4. 设置

单击"设置"按钮，将弹出如图 3-14 所示对话框。

图 3-14　音效设置

（1）如果选中"取消键盘音效"，则在敲打键位时，不会产生任何声音。

（2）如果选中"使用普通音效"，则在练习过程中击错键会出现声音提示，使用户单靠听声音就知道敲击键位是否出错。

（3）如果选中"开启音乐键盘"，可以使每个键都具有一个音符的作用，使得不同的键位有不同的音效，击错键也会出现声音提示。

3.3.2　高级键位练习

高级键位练习是为已经对键盘有了初步了解的用户准备的，使用户能快速地练习键位，熟悉键盘。界面由 3 部分组成，即打字栏、状态栏和键盘图，如图 3-15 所示。

图 3-15　高级键位练习

（1）打字栏位于界面上方，又分两个部分：一个是题目栏，另一个是输入栏。题目栏中显示需要敲入的字符；题目栏下面是输入栏，当敲入字母时，输入栏中会出现已经敲入的字母。

（2）状态栏显示时间、速度、进度条和正确率。

（3）键盘图会提示用户击键的位置。提示时显示为绿色，如果敲对，变回原色；如果敲错，则在敲过的错误键上出现叉号，直到敲对后叉号才会消失。

3.3.3 单词练习

1. 单词练习界面

单击"单词练习"选项卡，进入单词练习界面，如图3-16所示。

图3-16 单词练习

其由3部分组成，即打字栏、状态栏和键盘图。

（1）打字栏分两个部分：一个是题目栏，另一个是输入栏。题目栏中显示需要敲入的单词；题目栏下面是输入栏，当敲入字母，输入栏中会出现已经敲入的字母。同时，在单词提示框中显示当前单词的释义。

（2）状态栏显示时间、速度、进度条和正确率。

（3）键盘图会提示用户击键的位置。提示时显示为绿色，如果敲对，变回原色；如果敲错，则在敲过的错误键上出现叉号，直到敲对后叉号才会消失。

2. 课程选择

单击"课程选择"按钮，将弹出词库选择对话框，如图3-17所示。

词库分为通用词库、专业词库、常用单词三种。在下拉菜单中选择不同的词库，在下方列表中会对应不同的小词库。其中，

（1）通用词库：包含课程丰富，收集了小学英语、初中英语、大学英语、托福等词汇；

（2）专业词库：包含计算机、电子、化学、物理等多个专业词汇；

（3）常用单词：收集了日常生活中常用的1000个单词。

图 3-17　词库选择

3.3.4　文章练习

文章练习是为了更快地提高英文的整体打字水平而准备的。在文章练习中，可以更加熟练掌握最常用单词，还可以把握英文句子的节奏，更快地提高打字速度。

1. 文章练习页面

单击"文章练习"选项卡，进入"文章练习"页面，如图 3-18 所示，直接按照题目内容进行练习即可。

图 3-18　文章练习

2. 课程选择

单击"课程选择"按钮，可以选择要练习的文章内容，如图 3-19 所示。课程选择分为普通文章、专业文章。

图 3-19　选择文章

（1）选中普通文章，在普通文章下方的下拉菜单中有散文、诗词、小说、笑话、杂项等六项，选择其中一项，在右方的列表中会列出所选类型的所有文章，选中一篇文章，单击"确定"按钮，就可以进行文章练习。

（2）专业文章提供了医学、电子、化学、计算机等十类专业文章，每类5篇。

3. 设置

单击"设置"按钮，将弹出设置对话框。

（1）单行对照：界面显示图3-18的文章练习界面。

（2）多行对照：界面分上下两个部分，即题目栏和输入栏，练习时，根据题目栏中的内容在输入栏中输入相应的内容，如图3-20所示。

图 3-20　设置多行对照文章练习

（3）文字覆盖：界面不分区域，根据显示的内容依次输入，已敲过的部分显示灰色，如果敲错，会变成红色。

（4）取消键盘音效：敲打键位时，不会产生任何声音。

（5）使用普通音效：在练习过程中击错键会出现声音提示。

（6）开启音乐键盘：可以使每个键都有一个音符的作用，使得不同的键位有不同的音效，击错键也会出现声音提示。

3.4　拼音打字练习

拼音打字是为那些比专业打字员要求低的用户准备的，所以这个部分练习的强度相对较低一些，分"音节练习"、"词汇练习"、"文章练习"三个部分。

3.4.1　音节练习

在音节练习中，主要针对模糊音、连音词、普通话异读词进行练习。通过这些练习，能纠正用户的错误发音，在拼音打字中达到事半功倍的效果。

在金山打字通主界面中，单击"拼音打字"，即可默认进入"音节练习"页面，如图 3-21 所示。按照题目要求击打相应按键，即可进行练习。

图 3-21　音节练习

3.4.2　词汇练习

单击"词汇练习"选项卡，即可进入"词汇练习"页面，如图 3-22 所示，按照题目要求内容进行录入。

图 3-22　词汇练习

3.4.3　文章练习

单击"文章练习"选项卡，即可进入"文章练习"页面，如图 3-23 所示，按照内容进行录入。

图 3-23　文章练习

3.5　五笔打字练习

五笔练习中也能进行分类训练，包括"字根练习"、"单字练习"、"词组练习"、"文章练习"。在五笔字根练习中，还可以分"横区"、"竖区"、"撇区"等进行练习。

3.5.1　字根练习

在金山打字通主界面中，单击"五笔打字"，即可默认进入"字根练习"页面，如图 3-24 所示。按照题目要求击打相应按键，即可进行练习。

图 3-24　字根练习

3.5.2　单字练习

1. 单字练习页面

单击"单字练习"选项卡，即可进入"单字练习"页面，如图 3-25 所示，按照题目要求内容进行录入。

图 3-25　单字练习

2. 课程选择

单击"课程选择"按钮，将弹出"五笔练习课程选择"对话框，如图 3-26 所示。

其中，一级编码的 25 个汉字是使用频率最高的，应该熟记；二级编码共 600 多个，熟记这些字的编码，可以加快打字的速度；常用字练习可以迅速地练习最常用的 500 多个汉字，从而在最短的时间内实现全篇文章输入；难拆字练习可以迅速掌握 400 多个最难掌握的需要识别码的汉字，最大限度地消灭篇章输入时的障碍。

3. 设置

单击"设置"按钮，将弹出"五笔练习设置"对话框，如图 3-27 所示。在此，可以选择

图 3-26　"五笔练习课程选择"对话框

图 3-27　"五笔练习设置"对话框

需要练习的五笔版本是 86 版还是 98 版等。其他含义为

自动换行：在一行输入结束后，光标自动调到下一行。

回车换行：在一行输入结束后，需要按 Enter 键，光标才调到下一行。

空格换行：在一行输入结束后，需要按空格键，光标才调到下一行。

编码提示：选中此选项后，在界面最下方会提示输入字的五笔编码。

音效：在练习过程中击错键会出现声音提示。

3.5.3 词组练习

1. 词组练习页面

单击"词组练习"选项卡，即可进入"词组练习"页面，如图 3-28 所示，按照题目要求内容进行录入。

2. 课程选择

单击"课程选择"按钮，将弹出"五笔练习课程选择"对话框，如图 3-29 所示。其中，"两字词组"有 10000 多条，"三字词组"有 3000 多条，"四字词组及多字词组"有 2000 多条，熟记这些词组可以提高打字的速度。

图 3-28 词组练习

图 3-29 "五笔练习课程选择"对话框

3.5.4 文章练习

1. 文章练习页面

单击"文章练习"选项卡，即可进入"文章练习"页面，如图 3-30 所示，按照题目要求内容进行录入。

2. 课程选择

单击"课程选择"按钮，将弹出"课程选择"对话框，如图 3-31 所示。课程选择分为普通文章、专业文章。

（1）选中普通文章，在右上方的下拉菜单中会有散文、诗词、小说、笑话、杂项等六项，选择其中一项，在右方的列表中会列出所选类型的所有文章，选中一篇文章，单击"确定"按钮，就可以进行文章练习了。

（2）专业文章提供了医学、电子、化学、计算机等十类专业文章，每类 5 篇。

图 3-30　文章练习

图 3-31　课程选择

3.6　速度测试

速度测试方式更科学、全面，可以随时了解自己的打字速度。不但可以采用屏幕对照的形式进行测试，还有更为接近实际情况的书本对照方式，同时还为专业打字人员提供了同声录入训练的机会。

3.6.1　屏幕对照

屏幕对照主要指将内部教程显示在程序窗口里，然后用户按照该文字进行输入测试。该测试模拟了实际应用中对照一篇文档输入另一篇文档的情况。

1. 屏幕对照页面

在金山打字通主界面中，单击"速度测试"，即可默认进入"屏幕对照"页面，如图 3-32 所示。按照题目要求击打相应按键，即可进行练习。

2. 查询排行

单击"排行榜"按钮，将弹出"测试-排行榜"对话框，如图 3-33 所示，列出了用户在屏幕对照测试中的排名情况。

图 3-32　屏幕对照

名次	用户名	记录	时间
1	dap	速度:40WPM 正确率:100%	2011-2-11
2	ls	速度:23WPM 正确率:80%	2011-2-11

图 3-33　"测试-排行榜"对话框

3. 查询用户打字水平

单击"完成测试"按钮，将弹出"用户水平"对话框，如图 3-34 所示，列出了用户在屏幕对照测试中录入的正确率、平均速度、退格次数等。

图 3-34　"用户水平"对话框

3.6.2　书本对照

书本对照主要指由用户根据书本内容进行输入。用户也可以从"课程选择"中，选择某一样本打印出来，进行对照录入练习，如图 3-35 所示。

图 3-35　书本对照

3.6.3　同声录入

同声录入是为专业打字人员和想更快提高自己打字速度的用户准备的，选择的材料都是报纸和新闻广播类的文字材料，涉及词的范围也比较广，通过的条件也非常严格，不仅要求速度要快，准确率要高，而且必须在指定的时间内完成。

（1）单击"同声录入"选项卡，可进入"同声录入"页面，如图 3-36 所示。

（2）单击"课程选择"按钮，选择某一文章后，单击"确定"按钮。

（3）此时文章内容显示在屏幕上，同时发出朗读声，根据朗读内容进行快速录入。

图 3-36　同声录入

3.7　使用打字游戏

打字练习过程中游戏是提高打字兴趣和积极性必不可少的内容。金山打字通设有多款游戏。其中，初级游戏主要以字母练习为主，难度较低；中级游戏主要以词语为主，有点难度；高级游戏以整句练习为主，难度较大。

单击主界面的"打字游戏"按钮，进入打字游戏导航界面，如图 3-37 所示。

图 3-37　打字游戏

下面仅简要介绍两款游戏的使用方法。

1．拯救苹果

单击"中级游戏"选项卡，选中"拯救苹果"，即可自动进入下载页面，稍等片刻，下载完毕后，进入游戏页面。

单击"开始"按钮，此时，一个个诱人的苹果从苹果树上往下落，如图 3-38 所示。你只要能正确敲击显示在苹果上的字母，苹果就被竹篮接住，不会落在地上，那么拯救苹果的计划就成功了。

图 3-38　拯救苹果

图 3-39　功能设置

单击游戏界面中的"设置"按钮，将弹出"功能设置"对话框，如图 3-39 所示。其中，
（1）游戏等级：左右滑动控制杆调节苹果的下落速度。
（2）过关苹果数量：左右滑动控制杆调节过关需要接到的苹果数目。
（3）失败苹果数量：左右滑动控制杆调节允许有多少个苹果没接到就不能过关。

2. 生死时速

单击"高级游戏"选项卡，选中"生死时速"，即可自动进入下载页面，稍等片刻，下载完毕后，进入游戏页面，如图 3-40 所示。

图 3-40　生死时速

生死时速是角色扮演类游戏，分单人游戏、多人游戏。

（1）如果选择"单人游戏"，可以任意选择小偷或警察的角色，用户需要根据输入栏的文章敲入字母，敲对了前进，如果敲错，直到敲对以后才能继续前进。跑完所有道路后，如果警察还没有追上小偷，小偷就取得胜利；如果警察追上小偷，警察就取得胜利。其中，玩家可以在游戏设置中选择加速工具，加快自身的运行速度。

单击"单人游戏"后，即可进入图 3-41 所示页面，在此选择人物和加速道具。注意，选择汽车的加速速度比摩托车的快。

图 3-41　选择人物和加速道具

选择完成后，单击"开始"按钮进入游戏，此时游戏并没有开始计时，直到按下第一个有效键位后游戏才开始计时。

（2）如果选择"多人游戏"，在局域中的两个人可以商量好谁选警察、谁选小偷。选好角色后，等网络完成连接后，就能开始游戏了。

第4章 汉字输入方法概述

输入法是指为了将各种符号输入计算机或其他设备（如手机）而采用的编码方法。计算机中文信息处理技术需要解决的首要问题就是汉字的输入技术。

4.1 输入法的基本概念

1. 汉字编码

英文字母只有 26 个，它们对应着键盘上的 26 个字母，所以，对于英文而言是不存在什么输入法的。

原始社会晚期，汉民族的先民在各种器物上刻画的符号，渐渐演变成为汉字。到目前为止，汉字的字数有几万个，它们和键盘是没有任何对应关系的，但为了向计算机中输入汉字，我们必须将汉字拆成更小的部件，并将这些部件与键盘上的键产生某种联系，才能使我们通过键盘按照某种规律输入汉字，这就是汉字编码。

汉字编码方案已经有数百种，其中在计算机上已经运行的就有几十种，作为一种图形文字，汉字是由字的音、形、义来共同表达的，汉字输入的编码方法，基本上都是采用将音、形、义与特定的键相联系，再根据不同汉字进行组合来完成汉字的输入。

2. 语言特征与输入规格

输入法的需求是来源于键盘的限制。键盘原在打字机时代为英文字母而设计，但键盘只有一百来键，在没有软件的帮助下，无法输入中文或其他大型形意文字。

不同语言、国家、或地区，有多种不同的输入法。现在世界上，多数的输入法软件是为汉语、韩语、日语而设计。

（1）汉语有上万字，必须使用特别方式输入汉字。

（2）韩语使用大量的谚文。虽然谚文是字母系统，但是它的字母组合很特别，也需要一种转换系统。而且，韩语有许多的汉字借词，偶尔需用汉字来分别同音词。

（3）日语使用两种假名字母文字和汉字。虽然大多软件和键盘都支持假名输入，但是人们普遍都用日语罗马字来拼写输入日文，无论是输入假名还是汉字。

除了这 3 种语言，其他需要输入法的语言不是很普遍。这也有种种原因，像历史、经济、政治、环境等。比如越南语，虽然越南语不是一种汉藏语系语言，历史上，越南文人是用汉字来拼写自己的语言。这拼写方式叫喃字。但是在 20 世纪初，殖民越南的法国建立了教育系统，用拉丁文拼写越南语替换了喃字。虽然输入法由于速度不适合用来输入字母文字，但是输入法系统还是可以搭配的。

3. 输入设备

根据输入设备的不同，输入方式又分为键盘、手写、语音等。

（1）键盘输入是最基础的计算机输入方式。

（2）手写识别借着计算机的认字功能，由使用者的手写字体来辨别文字或其他符号。

（3）语音识别使用话筒和语音识别软件来辨别中文字。

由于技术难度和设备的不普遍，后两种输入方式都还未成熟。

4.2 汉字输入方法分类

计算机上使用的汉字输入法很多，可分为键盘输入法和非键盘输入法两大类。

1. 键盘输入法

键盘输入方法是通过键入汉字的输入码方式输入汉字，通常要敲击 1～4 个键输入一个汉字，它的输入码主要有拼音码、区位码、纯形码、音形码、形音码等，用户需要会拼音或记忆输入码才能使用，一般对于非专业打字的使用者来说，速度较慢，但正确率高。其中好的形音码或音形码则可以做到速度快、正确率高。

键盘输入技术比较成熟，目前的发展方向是多环境、多内码和智能化语句输入。

2. 非键盘输入法

再好的键盘输入法，都需要用户经过一段时间的练习才能达到令人满意的速度，至少用户的指法必须很熟练才行，对于不是专业计算机使用者来说，多少会有些困难。所以，许多人希望不通过键盘，就能轻易地输入汉字，即非键盘输入法。

4.3 键盘输入法

键盘输入法是最容易实现和最常用的一种汉字输入方法。通过键盘输入汉字，实际输入的是与该汉字对应的汉字编码。

4.3.1 键盘输入编码法分类

目前的键盘输入法种类繁多，而且新的输入法不断涌现，各种输入法各有各的特点，各有各的优势。随着各种输入法版本的更新，其功能越来越强。目前主要的中文输入编码方法有音码、形码、音形码、形音码、序号码。

1. 音码

音码输入是用汉语拼音作为汉字的输入编码，以输入拼音字母实现汉字的输入。不需要特殊记忆，符合人的思维习惯，只要会拼音就可以输入汉字。但拼音输入法也有缺点：

（1）同音字太多，重码率高，输入效率低。

（2）对用户的发音要求较高。

（3）难于处理不识的生字。

某些拼音输入法虽然有满足南方音的容错码设计，但目前主流拼音是立足于义务教育的拼音知识、汉字知识和普通话水平之上，所以对使用者普通话和识字及拼音水平的提高有促进作用。

目前的音码输入法趋于智能化，同时可以进行词组输入，大大减少了同音字，提高了输入的效率。对于不会汉语拼音、不会讲普通话的人来说，使用音码输入汉字是很困难的。

常用的音码输入有全拼、简拼、双拼等，目前国内普及率最高的音码输入法是搜狗拼音输入法。

2. 形码

形码是按汉字的字形（笔画、部首）来进行编码的。汉字是由许多相对独立的基本部分组成的，例如，"好"字是由"女"和"子"组成的，"助"字是由"且"和"力"组成的，这里的"女""子""且""力"在汉字编码中称为字根或字元。形码是一种将字根或笔画规定为基本的输入编码，再由这些编码组合成汉字的输入方法。也就是说，我们利用汉字书写的基本顺序将汉字拆分成若干块，对每一块用一个字母进行取码，整个汉字所得的码序列就是这个汉字的形码。

形码输入汉字时，重码率低，速度快，只要能知道汉字的字形就能拆分汉字而完成汉字的输入。但是，采用字形方法时，任何人都必须重新学习，并需要记忆大量的字根键和汉字拆分规则。

常用的形码输入方法有五笔字型码、郑码等。

3. 音形码

音形码是利用音码和形码各自的优点，兼顾了汉字的音和形。一般以音为主，以形为辅，音形结合，取长补短，即使是字形也采用偏旁、部首读音的声母字符输入，不需要记忆键位。

由于兼顾了音码、形码的优点，既降低了重码率，又不需要大量的记忆，因而具有使用简便、输入速度快、效率高等优点。适合于对打字速度有些要求的非专业打字人员使用，如记者、作家等。相对于音码和形码，音形码使用的人还比较少。

常用的音形码输入方法有自然码、谭码等。

4. 形音码

形音码输入是利用形码和音码各自的优点，兼顾了汉字的形和音，以形为主，以音为辅，目的是利用"形托（象形）"和"音托（反切）"来减少编码中死记的部分，提高输入效率，易学易记，输入快。

5. 序号码

序号码输入是利用汉字的国标码作为输入码，用4个数字输入一个汉字或符号。因为每个汉字只有一个编码，所以重码率几乎为零，效率高，可以高速盲打，但缺点是需要记忆量极大，而且没有什么太多的规律可言。

常见的序号码有区位码、电报码、内码等，一个编码对应一个汉字。

这种方法适用于某些专业人员，如电报员、通信员等。但在计算机中输入汉字时，这类输入法已经基本淘汰，只作为一种辅助输入法，主要用于输入某些特殊符号。

4.3.2　常用的键盘输入法

目前输入汉字常用的输入法有全拼输入法、双拼输入法、智能 ABC 输入法、区位码、自然码、王码（五笔字型）等。

1. 全拼输入法

全拼输入法属于音码输入，是初学者常用的一种方法。这种方法是输入汉语拼音的全部字母，就可以得到相应的同音汉字，如图 4-1 所示。

图 4-1　全拼输入法

全拼输入法适用于学过汉语拼音的人，一般不需要经过专门的训练就可以掌握，它的缺点是要求必须会汉字的读音，并且要准确，当一组同音字较多时，需要选字，这正是这种方法输入速度不快的主要原因。

拼音码汉字输入法比较适合那些会拼音的人使用。由于重码字多的原因，专业操作人员很少选用它。

2. 双拼输入法

双拼输入法（也称简拼输入法）是将多于一个字符的声母和韵母用一个字母编码，从而比全拼输入的编码大大缩减，提高了键盘输入的速度，适用于经常需要用拼音输入汉字的人，比全拼的速度快。但要记忆十几个声母和韵母的编码。

3. 智能 ABC 输入法

智能 ABC 输入法也是一种常用的输入法，有全拼、双拼和笔形三种输入模式，以拼音为基础输入单字或词组，特别是词组输入方面具有较高的效率，适用于一些经常输入某一方面专业词汇的人，如果进行智能化设置，可以大大提高输入效率，如图 4-2 所示。

4. 区位码输入法

区位码输入法是按汉字、图形符号的位置排列成一个二维矩阵，以纵向为"区"，横向为"位"。因此，区位码由 2 位区号和 2 位位号共 4 位 0~9 的十进制数字组成。每个汉字都对应唯一确定的区号和位号，因而没有重码。

图 4-2   智能 ABC 输入法

区位码汉字输入法，是一种使用起来最简单的编码输入法。由 4 位数字编码组成，对国标码字符基本集中的 7445 个字符（包括汉字）都给出了唯一对应的编码。特点是：没有重码，除汉字外的各种字母、数字、符号也都有相应的编码；缺点是编码的记忆规律性不强，使用者很难记住每一个编码，也难以做到"见字识码"。

5.自然码输入法

自然码输入法以字输入为基础，以词或短语输入为主导，音、形、义结合，并辅以语句输入功能。它的汉字编码简单易学，以双拼为主，允许全拼混合输入，并且为生字的输入提供了简明的形码辅助功能。

自然码输入法属于音形码输入，易学、易用、输入速度较快，特别适合已经熟悉压缩拼音输入法的普通计算机用户使用。

6.母字全能输入法

母字全能输入法是以汉字（母字）编"汉字"的全能编码。它以 25 个自然汉字作为拼形、拼音的编码"母字"，每个母字均包含所有汉字的"声母、韵母、全形、象形"四大编码要素，使编码记忆量减少到最小程度。简单易学，录入快速且不易遗忘，主要码型属于形音码和音形码范畴，对于专业和非专业人员非常适合使用。

7.五笔字型输入法

五笔字型输入法利用汉字的字型特征编码，是形码输入，它将汉字拆分成若干块，无论多么复杂的汉字，最多只需击 4 键即可输入计算机，重码率低，简码多，再加上词组多，汉字输入效率很高。由于它的拆分规则比较特殊，需要专门的训练才能掌握，因此适用于需要快速输入汉字的人员（专业打字员）。这种输入方法重码率低，便于盲打，输入速度较音码要快得多，是优秀的汉字输入法。

4.3.3   键盘输入法的选用

那么，应该选用哪种键盘输入法呢？一般来讲，非专业打字人员可以选择简单的音码，专业打字人员应选择形码，对打字速度有些要求的非专业打字人员可以采用音码或音形码。用键盘输入法来输入汉字，其输入速度取决于用户对键盘和编码的熟悉程度。

4.4 非键盘输入法

非键盘输入法是采用手写、听、听写、读听写等进行汉字输入的一种方式。根据其组合和品牌分为：手写笔、语音识别、手写加语音识别、手写语音识别加 OCR 扫描阅读器。

非键盘输入的特点是使用简单，但需要特殊设备。下面仅做简单介绍。

1. 手写输入法

手写输入法是一种笔式环境下的手写中文识别输入法，符合中国人用笔写字的习惯，只要在手写板上按平常的习惯写字，计算机就能将其识别显示出来。如图 4-3 所示的百度手写输入模式。

图 4-3　百度的手写输入模式

手写输入是近年来发明的一种新技术，手写输入系统一般由硬件和软件两部分构成：硬件部分主要包括电子手写笔和写字板，软件部分是汉字识别系统。

使用者只需使用与主机相连的书写笔把汉字写在书写板上，写字板中内置的高精密的电子信号采集系统，就会将汉字笔迹的信息转换为数字信息，然后传送给识别系统进行汉字识别。利用软件读取书写板上的信息，分析笔画特征，在识别字库中找到这个字，再把识别的汉字显示在编辑区中，通过"发送"功能将编辑区的文字传到其他文档编辑软件中。汉字识别系统的作用是将硬件部分传送来的信息与事先存储好的大量汉字特征信息相比较，从而判断写的是什么汉字，并通过汉字系统在计算机的屏幕上显示出来。

手写输入系统的难点在于汉字笔迹的识别，因为每一个人的书写汉字笔迹都不一样，因此手写笔迹比较系统就必须能允许一定的模糊偏差，才能有较高的识别率。目前已经开发了许多种手写输入系统，简称为"手写笔"系统。有些手写笔可以代替鼠标进行操作。手写笔种类较多，有汉王笔、紫光笔、慧笔、文通笔等。

目前，手写识别输入技术处于中期阶段，已经解决了连笔问题，词组问题还需进一步解决。

手写输入法的好处是只要会写汉字就能输入，不需要记忆汉字的输入码，与日常写字一样，不仅方便、快捷，而且错字率也比较低。用鼠标在指定区域内也可以写出字来，只是要求鼠标操作非常熟练。

2. 语音输入法

语音输入法是将声音通过话筒转换成文字。语音识别以 IBM 推出的 ViaVoice 为代表，如图 4-4 所示。国内则推出天信语音识别系统、世音通语音识别系统等。

图 4-4 语音输入法

以 IBM 语音输入法为例，虽然使用起来很方便，但错字率比较高，特别是一些未经训练的专业名词以及生僻字。

语音输入法在硬件方面要求计算机必须配备能进行正常录音的声卡，然后调试好麦克风，对着麦克风用普通话语音进行文字录入。如果普通话口音不标准，可用它提供的语音训练程序，进行一段时间的训练，使其熟悉你的口音，同样也可以实现文字输入。

语音输入是近年来的一种新技术，它的主要功能是使用与主机相连的话筒读出汉字的语音，利用语音识别系统分析辨识汉字或词组，把识别后的汉字显示在编辑区中，再通过"发送"功能将编辑区的文字传到其他文档的编辑软件中。语音识别技术的原理是将人的话音转换成声音信号，经过特殊处理，与计算机中已存储的已有声音信号进行比较，然后反馈出识别的结果。

语音输入的关键在于将人的话音转换成声音信号的准确性，以及与原有声音信息比较时的智能化程度。语音识别技术是人工智能的有机组成部分。这种输入的好处是不再用手去输入，只要会读出汉字的读音即可，但是受每个人汉字发音的限制，不可能都满足语音识别软件的要求，因此在实际应用中错误率偏高。特别是一些专业技术方面的语言，识别系统几乎不能确认，错误率较高。

语音输入技术还在初级阶段，因为其特殊性，除要求有相对安静的环境外，即使将来技术再提高很多，也需要对文字中所出现的人名、地名及偏僻字进行描述，因此，最终也只能作为辅助输入手段，要想完成工作必须要配合手写或键盘输入。

3. OCR 简介

光电扫描输入是利用计算机的外部设备——光电扫描仪，首先将印刷体的文本扫描成图像，再通过专用的光学字符识别（Optical Character Recognition，OCR）系统进行文字的识别，将汉字的图像转成文本形式，最后用"文件发送"或"导出"输出到其他文档编辑软件中。

OCR 要求先把要输入的文稿通过扫描仪转化为图形才能识别。所以，扫描仪是必需的，而且原稿的印刷质量越高，识别的准确率就越高，一般最好是印刷体的文字，比如图书、杂志等，如果原稿的纸张较薄，那么有可能在扫描时纸张背面的图形、文字也透射过来，干扰最后的识别效果。

OCR 技术解决的是手写或印刷的重新输入的问题，它必须得配备一台扫描仪，而一般市面上的扫描仪基本都附带了 OCR 软件。

OCR 软件种类较多，常用的清华 OCR，在系统对图形进行识别后，系统会把不能肯定的字符标记出来，让用户自行修改。

这种输入方法的特点是只能用于印刷体文字的输入，要求印刷体文字清晰，才能识别率高，好处是快速、易操作，但受识别系统识别能力的限制，后期要做一些编辑修改工作。

4. 混合输入法

手写加语音识别的输入法有汉王听写、蒙恬听写王系统等，慧笔、紫光笔等也添加了这种功能。

语音手写识别加 OCR 的输入法有汉王"读写听"、清华"录入之星"中的 B 型（汉瑞得有线笔＋Via Voice ＋清华 TH－OCR 5.98）和 C 型（汉瑞得无线笔＋Via Voice ＋清华 TH－OCR 5.98）等。

微软拼音输入法除了可以用键盘输入外，也支持鼠标手写输入，使用起来也很灵活。

不论哪种输入法，都有自己的优点和缺点，用户可以根据自己的需要挑选。

4.5　中文输入法的发展

中文输入法是指为了将汉字输入计算机或手机等电子设备而采用的编码方法，是中文信息处理的重要技术。

中文输入法从 19 世纪 80 年代发展起来的，中间为几个阶段：单字输入、词语输入、整句输入。对于中文输入法的要求是以单字输入为基础达到全面覆盖；以词语输入为主干达到快速易用；整句输入还处于发展之中。目前较流行的中文输入法有：搜狗拼音输入法、谷歌拼音输入法、紫光拼音、拼音加加、黑马神拼、王玛五笔、智能五笔、万能五笔、注音输入法、粤语拼音输入法、仓颉输入法等。

中文输入法的发展过程是"万码奔腾"的过程，在 20 年间出现了上千种编码方法。

1. 发展历程

从 1981 年国家标准局发布《信息交换用汉字编码字符集基本集》GB 2312－80 以来，27年中汉字输入法经历了从无到有，从难到易，从简单到智能的巨大演变过程，回顾它的发展历程，我们可以一窥个人计算机在国内的发展史。

（1）计算机中可以输入汉字了。

代表输入法：五笔字型输入法。

计算机在中国普及，第一个急需要解决的问题就是，如何将汉字输入到计算机中。为此，国家 1981 年发布了 GB 2312－80。

1983 年，王永民先生推出了划时代的五笔字型输入法，五笔输入法不但可以让我们输入汉字，而且也极大地解决了输入速度这一顽症。20 世纪 90 年代初，五笔输入法的热度，大家可以从日常生活中体会到一些，例如，遍地开花的计算机培训学校把五笔输入法当成重点课程，你可以依靠对五笔输入法的熟练程度，轻松找到一份不错的文职工作，甚至可以开间打字社，由此可见五笔输入法在当时是多么重要。

（2）人人皆可输入。

代表输入法：智能 ABC 和中文之星新拼音。

五笔输入法解决了汉字输入的问题，且输入速度也很快，从而盛行一时。但很快随着计算机用户的越来越多，强背字根、入门难的先天问题越来越凸显出来了，更多的人需要一款使用简单，入门轻松的输入法来代替五笔输入法。这个时候，1991 年由长城集团与北京大学合作推出的智能 ABC 汉字输入法以及中文之星推出的新拼音解决了这一问题。它入门简单，只要会拼音就能上手，而且带有简单的联想和记忆功能，这些特点，让它很快得到了初级用户的喜爱，尤其是在 Windows 系统将智能 ABC 内置成为系统默认安装输入法之一后，使用它的用户越来越多。

（3）效率不只是五笔的代言词。

智能拼音横空出世，代表输入法：微软拼音、拼音之星和紫光拼音。

五笔入门较难，但输入效率快，智能 ABC 入门简单，但输入效率不高。如何做到两全其美呢？既入门简单又可以保证输入效率的输入法在众多呼声中出现了，这种输入法入门简单（会拼音即可），且能保持较高的输入速度（全拼联想、庞大词库、简拼等诸多功能极大地提高了输入效率），又采用了一定的智能处理能力，能支持短语甚至语句输入，极大地方便了用户。

这时期的代表有微软拼音输入法、紫光拼音、拼音之星、拼音加加、智能狂拼、自然码和黑马神拼等，都是中文输入领域经典之作。

（4）与搜索引擎结合输入法。

代表输入法：搜狗和谷歌拼音输入法。

随着几大互联网门户的介入，中文输入法领域在 2007 年出现了重大变化，搜狗、谷歌和腾讯陆续推出了拼音输入法，这些输入法的特点是结合搜索引擎功能，将搜索引擎得到的关键词搜索数据添加到输入法中，满足了互联网时代新词、热词输入的准确性。这些门户网站的输入法善于吸收紫光拼音、拼音加加、拼音之星和微软拼音等一些长项，升级版本迅速，加上输入界面漂亮新颖，并允许用户上传皮肤和词语库，用户体验较好，一时间，不少智能 ABC 用户转投此类输入法。

这个时期的后起之秀有搜狗拼音输入法、谷歌拼音、QQ 拼音，而紫光拼音、拼音之星、拼音加加等经典输入法在这之后也相继更新升级，得到发扬光大，一时间中文输入法呈现出一派勃勃生机。

2. 在线输入法

目前一些互联网公司根据互联网新词变化多、发展快的特点，陆续开发了基于网站服务器在线更新词库以及用户词库同步上传到服务器的功能，进一步加快了热词、新词的更新，代表有谷歌拼音输入法、QQ 输入法和搜狗输入法，如图 4-5 所示。

但是，这一类输入法也存在一些问题：

（1）网络更新造成用户计算机输入反应变慢，有用户抱怨一开机系统就经常更新，希望不要那么频繁更新与同步。

图 4-5　在线输入法

（2）用户担心隐私泄露，毕竟输入法写的东西有不少是用户的私人东西，如果上传，将会担心信息外传，即使到了互联网公司的机器里，也难以做到不泄露。

（3）用户机器上输入法可能越来越庞大，占用资源更多。

在这种情况下，有开发者推出了免安装的绿色版本输入法，体积小、智能化程度高、占用资源少，不需要安装而且免除改写注册表的烦恼，也防止了实时更新信息泄露。

另外一些公司推出了针对网页进行输入的 online 输入法或云输入法，特点也是免安装，但只能连上互联网才能使用，一般来说只能在网页中使用，目前速度比较慢，功能比较单一，只能在输入少量汉字的环境中使用。这一类输入法还在探索发展之中。

3. 火星文输入法

输入法的前三个发展阶段，都是针对汉字的输入方式和速度方面进行改进优化，不过随着网络的高速发展，汉字的作用正在慢慢转变，越来越多的人输入文字不再只是为了工作，更多的是为了交流、展现自我。

网络这个大舞台，让原本少人问津的生僻字、古文字，甚至各种符号有了表现平台。如火星文输入法能把文字自动转换为酷酷的火星文，不必改变原有的打字习惯。如"冇怪曽，请吥嶬靠近↖(^ω^)↗"、"Sòryy，涐 lōve 你"、"灪嚣の"等，让文字输入新鲜有趣。如图 4-5 所示。

图 4-6　火星文输入法

随着时代的需求，以上只能输入文字的常规输入法，对这些需求已经无能为力。为此，不仅可以输入文字，对生僻字、古文字、火星字及各类符号同样支持的新一代输入法应运而生，常见的火星文输入法算是其中最为出色的一种，它解析了输入法其实不只是能输入文字。

输入法一路走来，大概经历了四个发展阶段，我们可以看出，每个阶段的发展原动力都是出于对用户的需求满足为出发点。如今，整个输入法领域可谓百花齐放，大家都在为更快、更简单、更全面的输入法目标迈进。

第 5 章　五笔字型编码基础

五笔字型是王永民先生于 1982 年发明的一种字根拼形输入方案，该汉字输入方案重码率低，录入速度快，是使用最广泛的汉字输入方法之一。

5.1　五笔字型的基本原理

五笔字型汉字输入法是一种形码输入法，是把组成汉字的"五笔字根"按照汉字的书写顺序输入计算机，从而得到汉字或词组的一种计算机键盘输入方法。

1. 积木式的汉字

汉字是由 5 种笔画经过各种复合连接或交叉而成的相对不变的结构，然而笔画只能表示组成汉字的某一笔，真正构成汉字的基本单位是字根，而这些字根正如一块块不同形状的积木，我们就可以用这些不同形状的"积木"组合出成千上万不同的汉字，如图 5-1 所示。

图 5-1　积木式的汉字

2. 五笔字型编码原理

基于积木式汉字这一思路，王永民先生花费了 5 年心血，苦心钻研了成千上万个汉字及词组的结构规律，经过层层分析、层层筛选，最后优化得到 130 种字根，将它们科学有序地分布在键盘的 25 个英文字母键（除 Z 键外）上，我们通过这 25 个字母键，就可以输入成千上万个汉字及词组。

我们输入汉字时，首先将汉字拆成不同的字根，按照一定的规律进行分配，再把它们定义到键盘上不同的键位。这样我们就可以按照汉字的书写顺序，敲击键盘上相应的键，也就是给计算机输入一个个代码，计算机就会将这些代码转换成相应的文字显示到屏幕上。这个过程可以用图5-2表示，这就是五笔字型输入法的基本原理。

图 5-2　五笔字型输入法的原理

3. 五笔字型录入汉字的基本思路

从图5-2中，可以看出，要录入"照"字，其操作步骤如下：

（1）将"照"字拆分成字根"日 刀 口 灬"，并按书写顺序排列好。

（2）将每个字根的编码找出来。根据字根表可知，"日"的编码是J，"刀"的编码是V，"口"的编码是K，"灬"的编码是O。因此，"照"字的编码是JVKO。

（3）在五笔字型输入法状态下，依次敲入JVKO键位即可将"照"字正确录入。

由此可见，五笔字型输入法录入汉字的基本思路为：先将汉字拆分成基本字根，然后找到每个字根的编码，最后将所有字根的编码按照书写顺序排列起来就成了汉字的编码。

我们学习五笔字型输入法，就是要学习键盘上的每个键位对应着哪些字根，学习如何把汉字拆成五笔字根，学习输入字根对应的字母（必要时要输入识别码），学习词汇的输入。

5.2　汉字的3个层次

汉字是一种表意文字，形体复杂，笔画很多，但是所有汉字都具有一些共同的特征。即不管多么复杂的汉字都是由一笔一画组成的——由基本笔画构成汉字的偏旁部首，再由基本笔画和偏旁部首组成全部有形有意的汉字。

但是，一个完整的汉字，既不是一系列不同笔画的线性排列，也不是一组组各种笔画的任意堆积。而是由若干笔画复合连接交叉所形成的相对不变的结构，绝大多数都是由古汉字中的基本图形衍变而来，我们把它们叫做"字根"。一般来说，字根是有形有意，在多数情形下还有称谓的构字基本单位，这些基本单位经过拼形组合，新产生出为数众多的汉字。

例如，每个汉字都是由横、竖、撇、捺、折五种笔画组合而成的，但是我们在书写汉字时，如"李"字，并不是说"李"这个汉字是由"一横、一竖、一撇、一捺、一折、一竖钩加一横"组成的，而是说"李"字是由"木"与"子"构成的。这里说的"木"和"子"就是字根，它是构成汉字的最重要、最基本的单位，将字根按一定的位置组合起来就组成了汉字，如图5-3所示。

在五笔字型中，把汉字划分为3个层次：笔画、字根、单字。

（1）笔画：书写汉字时，一次写成的连续的线段，是构成汉字的最基本成分。

（2）字根：由笔画组成的组字基本单位。可以是汉字的偏旁部首，也可以是其中的一部分，甚至是笔画。

（3）单字：由字根按一定的位置关系拼合起来组成的汉字。

图 5-3　汉字的 3 个层次

5.2.1　汉字的 5 种基本笔画

笔画是书写汉字时，一次写成的一个连续不断的线段。这里所说的"写"的含义如下：

（1）按楷书字形来书写，而不是按其他字形（如行书、草书体）来书写。

（2）按国家标准字形来书写。

（3）按简化后的新字型来书写，而不是按简化前的老字型来写。

五笔字型中的笔画只考虑笔画的运笔方向，不考虑其长短，这样将汉字的笔画归结为 5 种基本笔画：横、竖、撇、捺、折，并将这 5 个基本笔画按照顺序和汉字使用频率分为 5 个单元区，用数字 1、2、3、4、5 这五个代号表示 5 种基本笔画，见表 5-1。

表 5-1　汉字的 5 种基本笔画

代　号	笔画名称	笔画走向	笔画及变形	例　字
1	横	左→右	一　╱	二、厂、大、现、理、场
2	竖	上→下	｜　亅	竖、归、利
3	撇	右上→左下	丿	用、流、代、个、分
4	捺	左上→右下	丶　、	点、学、寸、心、冗、术
5	折	带转折	乙 乚 乛 乛 ㇆ ㇇	飞、马、匕、令、乃

在使用中，除了要掌握汉字的基本笔画"一｜丿丶乙"外，还要掌握笔画的变形体。

1. 横

运笔方向从左到右和从左下到右上的笔画都包括在"横"中，这和实际写汉字时是一致的。在"横"笔画内，还把"提笔"也看做为横。例如，"现"字，一般说它是"王"字旁"王"，其最后一笔确切地说不是"横"而是"提"，但是，将"横"和"提"归于一类。

提笔"ノ"归在横类"一" ⟹ **现 理 班 琪**

2. 竖

凡运笔方向从上到下的笔画都包括在"竖"中。在"竖"笔画内，还把"竖左钩"也看做为竖。例如"利"字的最后一笔是竖钩"刂"，但是，我们将左钩忽略，将其归于竖类。

竖左钩"刂"归在竖类"丨" ⟹ **利 刘 钊 剩**

3. 撇

凡运笔方向从右上到左下的笔画都包括在"撇"中。其中包括不同角度的撇。

不同角度的撇类"丿" ⟹ **人 和 长 才**

4. 捺

凡运笔方向从左上到右下的笔画都包括在"捺"中。考虑点的运笔方向，经常把捺缩小为点，所以把点也归为捺类，如"为"字，第一个和最后一个笔画都是"丶"。

捺和点归在捺类"丶" ⟹ **心 级 为 扒**

5. 折

把所有带转折的笔画（除竖左钩外），都归为"折"。例如，"习"字的"乛"，"与"字的"勹"，"亿"字的"乙"，"乃"字的"丂"等。折类的变形较多，需要在练习中多加注意。

乙	亿	忆	讫		乁	飞	讯	汽
一	买	今	敢		乛	力	访	成
弓	场	杨	扔		乚	世	忘	继
乚	以	顿	饱		乚	瓦	瓶	瓷
乚	礼	尤	毛		亅	永	脉	练
乛	书	伟	违		乚	与	考	号
乛	发	该	车		乁	也	乜	
乚	片	甲	书		乀	成	我	茂
𠃋	专	传	转					

5.2.2 汉字的字根

汉字的字根是由若干基本笔画相连，并且结构相对不变的笔画结构。如下所示的各笔画结构都是字根。

戋 甶 丆 户 夂 扌 彡

"字根"是五笔字型输入法提出的一个全新的概念，一般来说，字根是有形有意的构字基本单位。不同的字根经过拼形组合，便产生出为数众多的汉字。

字根是由人为规定的，因为要在 25 个键位上安放字根，所以字根的个数就不能太多，五笔字型输入法按照如下规则制订出了 125 个字根。

1. 组字能力特别强的偏旁部首

五笔字型输入法把汉字中那些组字能力强，使用频率高的汉字偏旁部首规定为字根，如：王、大、亻、日、口等字根。

2. 特别常用的笔画结构

有些笔画结构虽然不是偏旁部首，但是经常出现在汉字中，如"白"字根就出现在"的、皂、百、伯"等汉字中，因为这些汉字非常多，因此将"白"规定为五笔字型输入法的字根。

> 必须注意，为了减少字根的数量，许多常见的偏旁部首，因为组字能力不强，被拆分成了几个字根，如下面所列出的偏旁部首，都已经不常用了。当遇到它们时，必须将它们继续拆分成字根。这些偏旁部首是
>
> 比　风　气　欠　业　岛　穴
> 聿　皮　老　酉　豆　里　殳
> 户　龙　足　身　角　麦　食
> 革　骨　鬼　音　鱼　麻　鹿

5.3 汉字的 3 种字型

如果把同样几个字根，摆放在不同的位置，就可以构成不同的汉字，如"吧"和"邑"、"叭"和"只"等。因此，字根的位置关系也是汉字的一种重要的特征信息。

根据构成汉字的各字根之间的位置关系，可以把成千上万的方块汉字归纳为 3 种类型：

左右型、上下型、杂合型，并将左右型命名为 1 型，将上下型命名为 2 型，将杂合型命名为 3 型。

汉字的 3 种字型的基本结构，见表 5-2。

表 5-2　汉字 3 种字型的基本结构

字型代号	字　型	图　示	字　例	特　征
1	左右		汗、林	字根之间可有间距，总体左右排列
			嘲、树	
			经、哄	
			郭、数	
2	上下		字、杰	字根之间可有间距，总体上下排列
			意、莫	
			花、范	
			货、华	
3	杂合		固、园	字根之间虽有间距，但不分上下左右浑然一体，不分块
			凶、出	
			司、句	
			同、本	

表中杂合型又叫独体字，前两种又统称合体字。合体字又分为双合字和三合字。

- 双合字：由两部分合并在一起的汉字。
- 三合字：由三部分合并在一起的汉字。

3 种字型的划分是基于对汉字整体轮廓的认识，指的是整个汉字中有着明显界限，彼此可间隔开一定距离的几个部分之间的相互位置关系。

5.3.1　左右型汉字

如果一个汉字能分成有一定距离的左右两部分或左、中、右三部分，则称该汉字为左右型汉字。左右型汉字包括两种情况。

1. 双合字

一个字可以明显地分成左右两个部分，并且之间有一定的距离。

例如：仁、胡、汉、队、双、叫、林、加、伟、故、他等。

2. 三合字

一个字可以明显地分成左、中、右三个部分，其间有一定距离；或者分成左右两部分，其间有一定距离，而其中的左侧或右侧又可分为上下两部分，每一部分可以是一个基本字根，也可以是由几个基本字根组合而成。

例如：湘、树、较、部、摸、储、持、接、结、款、做、淋、韵、附、指等。

5.3.2　上下型汉字

如果一个汉字能分成有一定距离的上下两部分或上、中、下三部分，则该汉字称为上下型汉字。上下型汉字包括两种情况。

70

1. 双合字

一个字可以明显地分成上下两层，层与层之间有一定的距离。

例如：责、旦、节、看、字、吕、杂等。

提示

注意：两部分之间要有一定的距离，否则就不是上下型，例如"自"，其中的"丿"和"目"虽然可以分成上、下两部分，但是它们之间没有一定的距离，因此不属于上下型。

2. 三合字

一个字可以明显地分成上、中、下三层，其间有一定距离；或者分成上下两层，其中的一层又可分为左右两部分，每一部分可以是一个基本字根，也可以是由几个基本字根组合而成。

例如：意、花、想、照、赢、蒋、壳、亘、型、荇、华、婴、英等。

5.3.3 杂合型汉字

如果组成汉字的各个部分没有明显的左右或上下关系，则称此汉字为杂合型汉字。这类汉字主要有内外型汉字和单体型汉字。

1. 内外型

由内外字根组成，整字呈包围或半包围状。

例如，团、圆、国、困、同、问、区、选、还、司、凶、勺、内、在、左、右、包等。

2. 单体型

本身能独立成字。例如，人、八、头、木、天、且、也、才等。

提示

要记住汉字的 3 中字型结构，只需要记住"江南雨"这 3 个字。其中，"江"字代表左右型汉字，"南"字代表上下型汉字，"雨"字代表杂合型汉字。

第6章 五笔字型的字根

6.1 五笔字型的基本字根

字根是由若干笔画交叉连接而形成的相对不变的结构。但是字根不像汉字那样，有公认的标准和一定的数量，哪些结构算字根，哪些不算，历来没有严格界限。

字根是汉字的组成部分，同一个字根可以在较多的汉字中找得到，是这些汉字的相同部分。例如，汉字"加、叮、吞、呈、绍"由相同的部分"口"，汉字"亘、是、旺、借、但"由相同的部分"日"，汉字"炎、灰、耿、炖、碳"由相同的部分"火"。这些相同的部分"口"、"日"、"火"就是字根。

加 叮 吞 呈 绍 ➡ 口

亘 是 旺 借 但 ➡ 日

炎 灰 耿 炖 碳 ➡ 火

注意，同一字根在不同的汉字中的位置可以不同，但字根的笔画结构是相对不变的。例如，汉字"加、叮、吞、呈、绍"中的字根"口"，有的在右边，有的在左边，有的在下边，有的在上边，有的在右下角。

五笔字型编码方案中，把组字能力强、应用次数多的字根，称为基本字根；而把非基本字根按"单体结构拆分原则"拆分成彼此交连套叠的几个基本字根。这样，就可以说汉字都是由"基本字根"组成的。

6.2 字根键盘分布

五笔字型把优选出的 130 个基本字根，按照其起笔代号，并考虑键位设计需要，分为 5个区，每个区分为 5 个位，命名为区号位号，以 11～55 共 25 个代码表示，合理地分布在 A～Y（除 Z）共 25 个英文字母键上，形成了"字根键盘"，如图 6-1 所示。

图 6-1　字根键盘分布图

1. 字根在键盘上的分布方式

五笔字型字根在键盘上的分布方式是：

（1）将英文键盘上 A～Y 共 25 个键分成 5 个区，区号为 1～5，用字根首笔画的代号作为区号。

（2）每区 5 个键，每个键称为一个位，位号为 1～5。

（3）将每个键的区号作为第一个数字，位号作为第二个数字，将这两个数字组合起来就表示一个键，即我们所说的"区位号"。

这样，就得到 11～15、21～25、31～35、41～45、51～55 共 25 个键位，其中一区有 27 个基本字根，二区有 23 个，三区有 29 个，四区有 23 个，五区有 28 个，每个键位上一般安排了 2～11 种字根，字体较大的字根是主要字根。

每个键位对应一个英文字母键，11～55 这样的数字称为键位代码，再从具体同一键位代码的一级字根中选出一个有代表性的字根作为键名（每个键位方框左上角的字根就是键名），如图 6-2 所示。

图 6-2　键位组成

2. 键名

键名是同一键位上全部字根中最有代表性的字根。键名字根位于键面左上角。键名本身就是一个有意义的汉字（X 键上的"纟"除外）。

3. 同位字根

每个键位上除键名字根外的字根，称为同位字根。同位字根有这样几种：

（1）与键名形似或意义相同。例如，土和士、日和曰、已和己、廿和廿等。

（2）首笔既不符合区号原则，次笔更不符合位号，但与键位上的某些字根有所类同。例如，"十"和"小"等。

总体来说，同位字根可分为 3 类：单笔画、成字字根和其他字根。

 判断下面给出字母的区位号。

N（　）	G（　）	Q（　）	U（　）	B（　）
R（　）	L（　）	F（　）	T（　）	P（　）
V（　）	L（　）	O（　）	S（　）	K（　）
E（　）	C（　）	A（　）	H（　）	X（　）
M（　）	I（　）	W（　）	N（　）	Y（　）

6.3　基本字根的排列规律

五笔字型字根在键盘上的排列是有规律的。

1. 字根首笔笔画代号与区号一致

五笔字型把基本字根按第一笔分为 5 个区，对应关系见表 6-1。

表 6-1　五笔字型按起笔进行分区情况

区　号	一　区	二　区	三　区	四　区	五　区
起笔	横（一）	竖（丨）	撇（丿）	捺（丶）	折（乙）

2. 字根的次笔笔画与位号一致

五笔字型将大多数基本字根按第二笔分在该区的 5 个键位上，见表 6-2。

表 6-2　次笔笔画与位号

第　一　笔　画	第　二　笔　画	键位及编码	示　　例
横（一）	横（一）	G　11	戋
	竖（丨）	F　12	士、辛
	撇（丿）	D　13	犬、古、石、厂
竖（丨）	横（一）	H　21	上、止
	折（乙）	M　25	由、贝
撇（丿）	横（一）	T　31	竹、攵
	竖（丨）	R　32	白、斤
	捺（丶）	W　34	人、八
	折（乙）	Q　35	儿、夕
	横（一）	Y　41	言、文、方、广
	竖（丨）	U　42	门
	折（乙）	P　45	之、宀

第 一 笔 画	第 二 笔 画	键位及编码	示　例
折（乙）	横（一）	N　51	已、己、尸
	竖（丨）	B　52	也
	撇（丿）	V　53	刀、九
	捺（丶）	C　54	又
	折（乙）	X　55	纟、幺

3. 字根的笔画数与位号一致

五笔字型中，几个字根的笔画数与位号安排一致，见表6-3。

表6-3　字根的笔画数与位号

区　　号	键　　位	笔画字根代码
1区（横区）	G　11	一
	F　12	二
	D　13	三
2区（竖区）	H　21	丨
	J　22	‖
	K　23	‖‖
	L　24	‖‖‖
3区（撇区）	T　31	丿
	R　32	⺈
	E　33	彡
4区（捺区）	Y　41	丶
	U　42	冫
	I　43	氵
	O　44	灬
5区（折区）	N　51	乙
	B　52	巜
	V　53	巛

4. 单独记住不符合上述规律的特殊字根

（1）有些形态和渊源一致的字根，被安排在同一键上。例如：

"干、土、士"都放在F键上；

"车、田、甲"都放在L键上；

"手、扌"都放在R键上；

"水、氵、氺"都放在I键上；

"之、冖、宀、廴、辶"都放在P键上；

"心、忄"都放在N键上；

"耳、阝、卩"都放在B键上。

（2）字根"力"按其读音的声母被安排在L键上。

（3）其他没有规律可循的字根，不一一列举，请读者在实际应用中自己掌握。

指出下列键名字根及同位字根所在的键位。

口（　　）	禾（　　）	日（　　）	八（　　）	田（　　）
土（　　）	刀（　　）	已（　　）	立（　　）	水（　　）
月（　　）	小（　　）	女（　　）	金（　　）	人（　　）
古（　　）	山（　　）	子（　　）	五（　　）	言（　　）
白（　　）	之（　　）	九（　　）	又（　　）	丁（　　）
甲（　　）	目（　　）	金（　　）	火（　　）	辛（　　）
耳（　　）	手（　　）	寸（　　）	工（　　）	西（　　）
斤（　　）	方（　　）	门（　　）	乙（　　）	马（　　）

6.4　基本字根总表

为了更方便地掌握五笔字型基本字根的分布规律，可以通过五笔字型基本字根总表帮助记忆，见表6-4。

表6-4　五笔字型基本字根总表

分区	区位	键位	识别码	标识字根	键名	字　根	字　根　歌	高频字
一区横起	11	G	⊖	一 ✓	王	王 一五戋	王旁青头戋五一	一
	12	F	⊜	二	土	土士干二 十雨寸	土士二干十寸雨	地
	13	D	⊜	三	大	大犬古石三严手 厂丆ナ犬	大犬三手（羊）古石厂	在
	14	S			木	木丁西	木丁西	要
	15	A			工	工 匚 廾廿七弋弋戈	工戈草头右框七	工
二区竖起	21	H	①	丨 丿	目	目且卜卜广上止 皮	目具上止卜虎皮	上
	22	J	⑪	川 川	日	日曰 早 刂刂刂虫	日早两竖与虫依	是
	23	K	⑪	川 川	口	口川川	口与川，字根稀	中
	24	L		川	田	田甲囗四 皿车 力	田甲方框四车力	国
	25	M			山	山由贝冂 几	山由贝，下框几	同
三区撇起	31	T	⊘	丿 ⊀	禾	禾竹 丿夂夂亻	禾竹一撇双人立 反文条头共三一	和
	32	R	⊘	⊀ 厂	白	白手扌 厂 斤斤厂	白手看头三二斤	的
	33	E	⊘	⊘ 冖	月	月月舟用彡 乃豕豕衣	月彡（衫）乃用家衣底	有
	34	W			人	人亻八	人和八，三四里	人
	35	Q			金	金鱼 儿勹乂夂 夕	金勹缺点无尾鱼，犬旁留儿一点夕，氏无七（妻）	我
四区捺起	41	Y	⊗	丶 丶	言	言讠文方 圭广丶	言文方广在四一 高头一捺谁人去（主）	主
	42	U	⑨	丷 丬	立	立六立辛丬 丬广门	立辛两点六门病（疒）	产
	43	I	⑧	丷 丷	水	水氺 小业业	水旁兴头小倒立	不
	44	O			火	火灬米业灬	火业头，四点米	为
	45	P			之	之辶廴 宀冖礻	之宝盖，摘礻（示）衤（衣）	这
五区折起	51	N	⊘	乙	已	已己巳乙尸尸心忄 羽	已半巳满不出己 左框折尸心和羽	民
	52	B	⑪	巜	子	子孑了巜也耳卩凵	子耳了也框向上	了
	53	V	⑪	巜	女	女刀九巛 ヨ臼	女刀九臼山朝西（ヨ）	发
	54	C			又	又マ巴厶马	又巴马，丢矢矣（厶）	以
	55	X			纟	纟幺幺匕 弓匕	慈母无心弓和匕（勹） 幼无力（幺）	经
	"乙"代表的各类折笔				顺时针			
					逆时针			

该表给出了区号、位号，由区号、位号组成的代码和键位所对应的字母，每个字母所对应的笔画、键名、基本字根，以及帮助记忆基本字根的口诀等。

在记忆每个键所包含字根的过程中，一定要注意其内在的规律性，通过理解来记住字根总表，切忌死记硬背。首先要看一个字根的第一笔画究竟是属于"横、竖、撇、捺、折"的哪一种，这样就可以知道这个字根在哪一个区，最后再看它在哪个键位上，一般情况下考虑字根的第二个笔画，如字根"土"，它的第二笔画为"竖"，其代号为2，则将其放在第二个键位上。

6.5 五笔字型字根助记词

对于初学者，要记住上述字根键位确实不容易，为了便于学习和记忆，五笔字型对每一区的字根都编写了助记词，其中每句的第一个字，就是对应键位上的"键名"汉字。

6.5.1 第一区字根（横起区）

第一区字根（横起区），如图6-3所示。

图6-3 第一区（横起区）字根

G键（11）：王旁青头戈五一

（"青头"指"青"字的头，即"主"）

F键（12）：土士二干十寸雨

（字根"由"在助记词中未提及，需特殊记忆）

D键（13）：大犬三羊古石厂

（"羊"指羊字底"丰"）

S键（14）：木丁西

A键（15）：工戈草头右框七

（"草头"指"草"字头，即字根"艹"；"右框"即"匚"）

6.5.2 第二区字根（竖起区）

第二区字根（竖起区），如图6-4所示。

图6-4 第二区（竖起区）字根

H键（21）：目具上止卜虎皮

（"具上"指"且"；虎皮指"广广"）

J键（22）：日早两竖与虫依

（"日"指"日"及横着的字根"皿"；

"两竖"指字根"刂"、"川"、"刂"和"刂"）

K键（23）：口与川，字根稀

（"川"包括字根"川"、"川"）

L键（24）：田甲方框四车力

（"方框"指字根"囗"，即内外结构一类汉字，与口字不同）

M键（25）：山由贝，下框几

（字根"凸"未提及，需特殊记忆；

"下框"指方框开口向下，即字根"冂"）

6.5.3　第三区字根（撇起区）

第三区字根（撇起区），如图6-5所示。

图6-5 第三区（撇起区）字根

T键（31）：禾竹一撇双人立，反文条头共三一

（"竹"还包括"⺮"；"双人"指字根"彳"；"反文"指字根"攵"；"条头"指字根"夂"）

R键（32）：白手看头三二斤

（"手"指字根"手"和"扌"；"看头"指字根"�"和"厂"）

E键（33）：月彡（衫）乃用家衣底

（字根"舟"和"皿"未提及，需特殊记忆；

"家衣底"指"家"和"衣"的下部，即字根"豕"和"衣"）

W键（34）：人和八，三四里

（"⺌"和"癶"未提及，需特殊记忆）

Q 键（35）：金勺缺点无尾鱼，犬旁留义儿一点夕，氏无七

（"勺缺点"指字根"勹"；"无尾鱼"指字根**鱼**）

"犬旁"指字根"犭"，与"乂"形似，可一同记忆；

"氏无七"指字根"𠂤"）

6.5.4　第四区字根（捺起区）

第四区字根（捺起区），如图 6-6 所示。

图 6-6　第四区（捺起区）字根

Y 键（41）：言文方广在四一，高头一捺谁人去

（"高头"指字根"亠"、"高"；"谁人去"指字根"讠、圭"）

U 键（42）：辛两点六门疒（病）

（"两点"指字根"丷"、"丬"、"⿰丶丶"、"丷"等）

I 键（43）：水旁兴头小倒立

（"水"指字根"水"、"氵"、"氺"、"⺀"；

"兴头"指字根"⺍"、"⺌"；

"小倒立"指字根"⺊"和"业"）

O 键（44）：火业头，四点米

（"业头"指字根"⺊"；"四点"指字根"灬"和"⺌"）

P 键（45）：之宝盖，摘礻衤

（"之"指字根"之"、"辶"、"辶"；

"宝盖"指字根"宀"、"冖"；

"摘礻衤"指示字旁"礻"和衣补旁"衤"去掉"、"、"𠄌"后的"衤"）

6.5.5　第五区字根（折起区）

第五区字根（折起区），如图 6-7 所示。

图 6-7　第五区（折起区）字根

N 键（51）：已半巳满不出己，左框折尸心和羽

          （"已半巳满不出己"指字根"已"、"己"、"巳"，形似可一同记忆；

          "左框"指字根"コ"；"折"指字根"乙"、"ㄥ"、"㇀"、"乚"等；

          "心"指字根"心"和"忄"）

B 键（52）：子耳了也框向上

          （"框向上"指字根"凵"）

V 键（53）：女刀九臼山朝西

          （"山朝西"指字根"ヨ"）

C 键（54）：又巴马，丢矢厶

          （"矣"去"矢"为"厶"）

X 键（55）：慈母无心弓和匕，幼无力

          （"母无心"指字根"𠮛"；"幼无力"指字根"幺"）

6.6 总结规律帮助记忆

学习五笔字型输入法，记住字根是关键，五笔字型的字根分配是比较有规律的，主要体现在以下几点。

1. 部分字根与键名汉字形态相近

键名汉字是该键位的键面上所有字根中最具有代表性的，即每条助记词的第一个字。25个键位每键都对应一个键名汉字，因此，五笔字型把键名相同的字根（如：N 键上的心、忄，I 键上的水、氵等）、形态相近的字根（如 A 键上的廾、廾、廿，已、己、巳等）、便于联想的字根（如 B 键上的耳、阝、卩等）定义在同一个键位上，编码时使用一个代码即同一个字母或区位码。

提示

    与键名汉字形态相近、便于联想的字根举例

键　位	键名汉字	近似字根	键　位	键名汉字	近似字根
G 键	王	五	D 键	大	犬
P 键	之	辶	L 键	田	四
W 键	人	八	F 键	土	士

2. 字根首笔笔画代号与区号一致，次笔笔画与位号一致

第一笔为横，次笔是横，在 G 键（编码 11），如"戋"

             次笔是竖，在 F 键（编码 12），如"十"

             次笔是撇，在 D 键（编码 13），如"厂"

第一笔为竖，次笔是横，在 H 键（编码 21），如"止"

次笔是折，在 M 键（编码 25），如"贝"

第一笔为撇，次笔是横，在 T 键（编码 31），如"竹"

次笔是竖，在 R 键（编码 32），如"白"

次笔是捺，在 W 键（编码 34），如"八"

次笔是折，在 Q 键（编码 35），如"儿"

第一笔为捺，次笔是横，在 Y 键（编码 41），如"广"

次笔是竖，在 U 键（编码 42），如"门"

次笔是折，在 P 键（编码 43），如"之"

第一笔为折，次笔是横，在 N 键（编码 51），如"已"

次笔是竖，在 B 键（编码 52），如"也"

次笔是撇，在 V 键（编码 53），如"九"

次笔是捺，在 C 键（编码 54），如"又"

次笔是折，在 X 键（编码 55），如"纟"

3. 字根的笔画数与位号一致

单笔画"一丨丶乙"都在第一位，两个单笔画的复合笔画如"二、刂、冫、冫、巛"都在第二位，三个单笔画复合起来的字根"三、川、氵、彡、巛"，其位号都是 3，依次类推。它们排列规律如图 6-8 所示。

图 6-8　笔画排列规律

4. 框形字根的分布

仔细观察，文字中的各种框形字根的分布并加强记忆，方框"囗"在 L 键上，"凵"在 B 键上，下框"冂"在 M 键上，左框"コ"在 N 键上，右框"匚"在 A 键上，如图 6-9 所示。

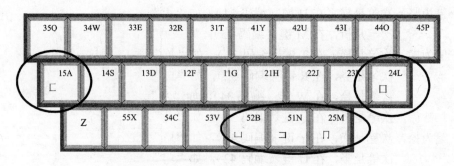

图 6-9　方框字根的分布

6.7　字根的对比记忆

记住了基本字根，再把那些与基本字根相似的辅助字根进行对比记忆，就可以彻底记住所有字根。由于辅助字根与基本字根非常相似，所以把它们放在一起进行对照记忆，对照表 6-5 看几遍，就能做到看到一个辅助字根，马上联想到相应的基本字根，从而达到彻底记住所有字根的目的。

表 6-5　　基本字根与辅助字根对照表

基本字根	辅助字根	基本字根	辅助字根	基本字根	辅助字根
戈	弋	手	扌	犬	大
‖	刂 刂	四	罒 囜	夕	夂 夂
川	川	金	钅	癶	夕夕
仈	㇆	手	扌 手	斤	厂 斤
水	氺	小	业	阝	耳、卩
宀	冖	己	已 巳	上	卜 卜
匕	匕	乙	所有折笔	心	忄 小
六	立	业	业 业	厂	ナ 疒 丆
子	孑 了	廿	廿 卅 卄	儿	儿
又	マ ㄡ 厶	日	曰 囗	辶	之 廴
豕	豖 豸	丄	㇅	尸	尸
纟	幺 纟	月	冃 用		
止	止				

6.8　易混字根对比记忆及辨析

在字根中有许多字根很相近，这是初学者在拆字过程中最大的困扰。其实要解决这个问题并不困难，只要对较容易混的字根仔细分辨一下即可。下面我们就几种比较易混的字根进行简单的辨析。

1. "癶" 和 "夗"

"癶" 和 "夗" 这两个字根乍一看十分相近，在拆字过程中，如果混淆了这两个字根，就会发现很多字根本无法拆出正确的字根，更谈不上输入了。

"癶" 字根在字母 W 键上；"夗" 则是由两个基本字根组成的，即 "夕(Q)、巳(B)"。例如：

仔细分辨这两个字根，找出类似的字，细心地对比，就不难发现他们的区别，这样在拆字过程中也能提高速度。

2. "匕" 和 "七"

"匕" 和 "七" 这两个字根看上去也很相似，拆分时要注意它们的起笔不同，字根所在的区位与起笔有关。例如：

使用 "匕" 和 "七" 这两个字根拆字的汉字也有不少，在拆分过程中遇到类似的字根可按例字给出的方法进行拆分。

3. "厶" 和 "乚"

"厶" 和 "乚" 这两个字根虽然只有一 "丶" 之差，但是如果不细加区分，拆字时也会造成错误，无法拆分需要的汉字。其中，"厶" 在 C 键位上，"乚" 在 N 键位上。例如：

$$
\begin{array}{cccc}
充 \Rightarrow & 亠 & 厶 & 儿 & B \\
 & Y & C & Q & B \\
\hline
发 \Rightarrow & 乚 & 丿 & 又 & 丶 \\
 & N & T & C & Y
\end{array}
$$

4. "彡"和"川"

"彡"和"川"这两个字根虽然在字形上非常相近，但它们的使用还是有很大区别的。"彡"的起笔走向是撇，字根在 E 键位上；而"川"的起笔是按竖算的，字根则在 K 键上。例如：

5. "圭"和"主"

"圭"和"主"如果不仔细看，能看清楚它们的不同吗？"圭"字根是由两个一样的基本字根"土"组合而成，它的输入方法是连击两次 F 键；而"主"则是一个基本字根，它的键位是 Y。例如：

6. "弋"和"戈"

"弋"和"戈"也是非常形近的一组字根，它们的位置都在"A"上，输入过程中即使当时分不清楚，也不至于影响拆字。

它们使用上的区别主要体现在最末笔的识别上，"弋"的最末一笔为"、"；"戈"的最末一笔是"丿"。初学者一定要分清楚这类区别。例如：

7. "手"和"手"

"手"和"手"这两个字根如果不仔细分，几乎是一样的。其实不然，"手"的起笔走向是撇，该字根位于 R 键；"ﾆ"的起笔走向是横，位于 D 键上。例如：

8. "月"和"且"

"月"字根在键位 E 上，而"且"字根在 H 上。这两个基本字根是很容易区分的，但在拆字过程中，容易出现拆分错误。例如：

根据辅助字根的提示，写出它们同键位上的基本字根和对应的字母键。

辅 助 字 根	基 本 字 根	字 母 键	辅 助 字 根	基 本 字 根	字 母 键
弋			厶		
厂			マ		
夂			八		
豕			扌		
夕			刂		
用			钅		
尸			卝		
手			止		
囗			乙		
丬			小		
耳			幺		
巳			ナ		
刀			孑		
廿			匕		
巳			皿		
凵			卜		

第7章 单字输入

由字根通过连接或交叉的关系形成汉字的过程是一个正过程，现在我们要学习的则是它的逆过程，即拆字。拆字就是把任意一个汉字拆分成几个基本字根，这也是五笔字型输入法在计算机中输入汉字的过程。

7.1 汉字拆分原则

7.1.1 字根间的结构关系

在五笔字型输入法中，许多汉字是由1～4个字根组成的。字根间的位置关系可以分为4种类型，通俗地称为"单、散、交、连"，见表7-1。

表7-1 4种字根结构关系

类　型	特　　　点	例　　字
单	单独成为汉字的字根	口、木、山、田、马、金、王、五
散	构成汉字的字根之间保持一定的距离	吕、足、识、汗、张、汉、江、字、照
交	几个基本字根交叉套叠	果、必、本、里、申、丙、夷
连	一个基本字根连一单笔画	且、尺、自、千、太、下、入

1."单"字根结构

构成汉字的字根只有一个，即该字根本身就是一个汉字。例如，口、木、山、田、马、金、王、五等。

2."散"字根结构

构成汉字的基本字根之间保持有一定的距离。例如，吕、足、认、识、汗、张、汉、江、字、照、李、易等。它们的位置关系分别属于左右、上下型。

3."交"字根结构

由两个或多个字根交叉叠加而成的汉字，主要特征是字根之间部分笔画重叠。例如，
"果"由"日"交"木"而成，即"日、木"；
"必"由"心"交"丿"而成，即"心、丿"。

4."连"字根结构

一个基本字根与一单笔画相连。五笔字型中字根间的相连关系是指以下两种情况。

（1）单笔画与某基本字根相连，其中此单笔画连接的位置不限，可上可下，可左可右。例如：

千：丿连十　　　　　　不：一连小　　　　　　主：、连王

自：丿连目　　　　　　尺：尸连乀　　　　　　且：月连一

下：一连卜　　　　　　入：丿连乀　　　　　　产：立连丿

单笔画与基本字根有明显间距不相连。例如，旧、乞、个、少、么、且、幻等。

（2）带点结构认为相连。例如，术、勺、主、义、头、斗等。这些字中的点以外的基本字根其间可连可不连，可稍远也可稍近。

（1）散结构汉字是只属于左右型、上下型。

（2）孤立点与基本字根之间一律按相连关系处理。例如，主、义、卞等。另外，"连"字根结构只能是杂合型汉字。

（3）一切由基本字根交叉构成的汉字，基本字根之间是没有距离的。因此，这一类汉字的字型一定是杂合型。

指出下列汉字字根间的结构关系。

下（　）	份（　）	树（　）	肖（　）	周（　）
用（　）	家（　）	求（　）	有（　）	心（　）
佑（　）	回（　）	叉（　）	草（　）	追（　）
似（　）	爱（　）	乐（　）	肖（　）	陈（　）

7.1.2　汉字拆分的基本原则

五笔字型汉字编码的形成取决于对汉字的正确拆分。根据汉字类型，其拆分的基本原则，见表 7-2。

表 7-2　汉字拆分的基本原则

汉 字 分 类		基 本 原 则	例　字
字根汉字	键名汉字	不用拆分	金、又、王、大、目、白
	成字字根	按单笔画拆分	五、雨、西、斤、文
合体字		拆分成字根	果、午、于、天、生、主、自、较

1. 字根汉字

字根汉字是由单个字根组成的汉字，分别是键名汉字和成字字根。

（1）键名汉字

每个键位上的第一个字根，即"助记词"中打头的那个字根，称之为键名汉字，也称为主字根。这类汉字不用拆分，如金、又、王、大、目、白等。

（2）成字字根

除键名字根外，本身也可成为汉字的字根，称为成字字根。这类汉字按单笔画拆分，如五、雨、西、斤、文等。

2. 合体字

除了以上所讲的字根汉字以外，其他所有的汉字都是由几个字根组成的，称为合体字。输入合体字时，首先必须将其拆分成字根，拆分时应遵循"书写顺序，取大优先，兼顾直观，能散不连，能连不交"。

（1）遵循书写顺序

"书写顺序"原则是指按照汉字正确的书写顺序，拆分为已有的基本字根。书写顺序通常为从左到右、从上到下、从外到内拆分。例如：

衷 ➡ 衷 衷 衷 衷 （✓）
衷 衷 衷 衷 （×）

（2）取大优先

按书写顺序拆分汉字时，应当以"再添加一笔画便不能称其为字根"为限度，每次都拆取一个"尽可能大"的，即"尽可能笔画多"的字根。例如：

世 ➡ 世 世 （✓）
世 世 世 （×）

> 按照取大优先的原则，"未"字和"末"字都能拆成"二、小"。五笔字型输入法规定："未"字拆成"二、小"，而"末"字拆为"一、木"，以区别这两个字的编码。

（3）兼顾直观

拆分汉字时，为了照顾汉字字根的完整性，有时不得不暂且牺牲一下"书写顺序"和"取大优先"原则，形成少数例外的情况。例如，"固"字和"自"字的拆分方法就与众不同。

固 ➡ 固 固 （✓）
固 固 固 （×）

"固"字按"书写顺序"应该拆分为"冂、古、一",但是这样拆,破坏了汉字构造的直观性,所以只好违背"书写顺序",拆作"口、古"(而且这样拆符合字源)。

"自"字按"取大优先"原则,应拆成"丿、乙、三",但这样拆,不仅不直观,而且也有悖于"自"字的字源。这个字的意思是"一个手指指着鼻子",故只能拆成"丿、目",这叫"兼顾直观"。

(4)能散不连

"能散不连"原则是指拆分时能拆分成"散"结构的字根,就不拆分成"连"结构的字根。例如:

"能散不连"在汉字拆分时主要用来判断汉字的字型,字根间按"散"处理,便是上下型;按"连"处理,则是杂合型。

(5)能连不交

"能连不交"原则,是指能拆分成"连"字根结构的,就不拆分成"交"字根结构。因为,一般来说,"连"比"交"更为直观。例如:

按五笔字型拆字原则，拆出下列汉字的字根。

围（　　　）	追（　　　）	琪（　　　）
失（　　　）	走（　　　）	亩（　　　）
鱼（　　　）	交（　　　）	刁（　　　）
启（　　　）	电（　　　）	卫（　　　）
夹（　　　）	充（　　　）	戒（　　　）
花（　　　）	飞（　　　）	绒（　　　）

7.2　键面汉字的输入

输入单个汉字时，五笔字型将汉字编码规则分为两类：键面上有的汉字与键面上没有的汉字。

键面上有的汉字包括：键名字根汉字和成字字根。例如，G 键上有的汉字是：键名"王"，成字字根"五"、"一"、"戈"。5 种基本笔画中，"一"和"乙"有汉字意义，也属于键盘上有的汉字。

7.2.1　键名汉字的输入

键名汉字是组字频率高、形体上有一定代表性的字根。键名汉字的输入方法是：将所在键连击 4 次。

五笔字型中的 25 个键名汉字，如图 7-1 所示。

图 7-1　键名汉字

键名汉字输入示例，见表 7-3。

表 7-3 键名汉字的输入示例

	1 位		2 位		3 位		4 位		5 位	
	键名	编码	键名	编码	键名	编码	键名	编码	键名	编码
一区	王	GGGG	土	FFFF	大	DDDD	木	SSSS	工	AAAA
二区	目	HHHH	日	JJJJ	口	KKKK	田	LLLL	山	MMMM
三区	禾	TTTT	白	RRRR	月	EEEE	人	WWWW	金	QQQQ
四区	言	YYYY	立	UUUU	水	IIII	火	OOOO	之	PPPP
五区	己	NNNN	子	BBBB	女	VVVV	又	CCCC	乡	XXXX

提示

有些键名汉字也是简码，不用击全 4 次就可输入，只要在输入过程中，注意看一下输入法状态条上的提示即可。

写出下列键名汉字的编码，并反复进行输入练习。

王（　　　）	土（　　　）	大（　　　）	工（　　　）
目（　　　）	日（　　　）	口（　　　）	山（　　　）
禾（　　　）	白（　　　）	月（　　　）	人（　　　）
金（　　　）	言（　　　）	立（　　　）	水（　　　）
火（　　　）	之（　　　）	己（　　　）	子（　　　）
女（　　　）	又（　　　）	乡（　　　）	白（　　　）
子（　　　）	月（　　　）	言（　　　）	田（　　　）
目（　　　）	土（　　　）	王（　　　）	火（　　　）

7.2.2 成字字根的输入

在 130 个基本字根中，除了 25 个键名字根外，还有几个本身也是汉字的字根，即成字字根。

成字字根的输入方法是：首先敲击所在键一下（称为"报户口"），然后取该成字字根的第一、第二及最末一个笔画组成编码。不足 4 码时，敲击空格键作为编码结束。例如：

1. 刚好3画

成字字根刚好3画时，报户口后依次输入单笔画即可。例如：

2. 超过3画

成字字根超过3画时，报户口后依次输入第一、第二及末笔画即可。例如：

3. 不足3画

成字字根不足3画时，报户口后依次输入第一、第二笔，然后再打一个"空格键"即可。例如：

在括号内填入下面成字字根对应的编码，并反复进行输入练习。

早（　　　）	贝（　　　）	几（　　　）	了（　　　）
米（　　　）	白（　　　）	广（　　　）	干（　　　）
戈（　　　）	由（　　　）	羽（　　　）	寸（　　　）
儿（　　　）	巳（　　　）	虫（　　　）	辛（　　　）
手（　　　）	刀（　　　）	丁（　　　）	几（　　　）
雨（　　　）	九（　　　）	文（　　　）	方（　　　）
由（　　　）	贝（　　　）	竹（　　　）	用（　　　）
小（　　　）	石（　　　）	斤（　　　）	六（　　　）
匕（　　　）	米（　　　）	巴（　　　）	西（　　　）
六（　　　）	乃（　　　）	戈（　　　）	皿（　　　）
车（　　　）	雨（　　　）	上（　　　）	四（　　　）
八（　　　）	犬（　　　）	三（　　　）	止（　　　）
门（　　　）	米（　　　）	巴（　　　）	古（　　　）
马（　　　）	小（　　　）	力（　　　）	广（　　　）
文（　　　）	九（　　　）	早（　　　）	辛（　　　）

7.2.3　5 种单笔画的输入

在成字字根中，还有 5 种单笔画，作为成字字根的一个特例，它的编码有特殊规定：将单笔画所在键击两次后，再击两次 L 键。这是因为单笔画并不是常用的汉字，加两个"后缀" L 键，用于区别常用汉字的简化输入，如表 7-4 所示。

表 7-4　5 种单笔画的编码

单　笔　画	编　　码
一	GGLL
丨	HHLL
丿	TTLL
、	YYLL
乙	NNLL

7.3　键外字的输入

凡是字根总表上没有的汉字，即"表外字"或"键外字"，都可认为是"由字根拼合而成的"，故称为合体字。

绝大多数汉字是由基本字根与单笔画或几个字根组成，这些汉字称为键面以外的汉字。绝大多数汉字都是键面以外的汉字。键外字的输入分为下面 3 种情况。

7.3.1　4 个字根的汉字

按汉字的书写笔画顺序拆分成 4 个字根，再依次输入字根编码即可。例如：

又如：

规：二、人、冂、儿，编码为：FWMQ。

律：彳、彐、二、丨，编码为：TVFH。

舷：丿、舟、亠、幺，编码为：TEYX。

型：一、廾、刂、土，编码为：GAJF。

廖：广、羽、人、彡，编码为：YNWE。

容：宀、八、人、口，编码为：PWWK。
炳：火、一、冂、人，编码为：OGMW。
重：丿、一、日、土，编码为：TGJF。
模：木、艹、日、大，编码为：SAJD。
蕴：艹、纟、日、皿，编码为：AXJL。
两：一、冂、人、人，编码为：GMWW。
函：了、口、又、一，编码为：BKCG。
碜：石、厶、大、彡，编码为：DCDE。
茨：艹、冫、夂、人，编码为：AUQW。

7.3.2 超过 4 个字根的汉字

超过 4 个字根的汉字要进行"截长"处理，即将汉字拆出若干个基本字根后，依次取该汉字的第一、第二、第三和最末一个字根组成编码。例如：

又如：
疆：弓、土、一、一，编码为：XFGG。
微：彳、山、一、攵，编码为：TMGT。
德：彳、十、罒、心，编码为：TFLN。
喝：口、日、勹、乚，编码为：KJQN。
候：亻、宀、彐、八，编码为：WPRW。
操：扌、口、口、木，编码为：RKKS。
芚：艹、纟、一、乙，编码为：AXGN。
编：纟、、、尸、艹，编码为：XYNA。
器：口、口、犬、口，编码为：KKDK。

7.3.3 不足 4 个字根的汉字

五笔字型输入法规定无论是汉字还是词组，其编码位数都是四位，但是有些汉字所有的字根个数加起来都不足四位，如"故"字只有两个字根，"做"字只有 3 个字根。为了补全四位编码，需要在这些汉字原编码后再打一个识别码。

1. 识别码

识别码是由汉字最后一笔的笔画编号和字型结构的编号组成交叉代码，交叉代码所对应的英文字母就是识别码。

（1）识别码的判断

判断汉字识别码时，只需要掌握汉字的两个信息即可，一个是汉字的末笔画，另一个就是汉字的字型。

识别码的判断规则：先判断汉字的末笔画，找到末笔画的数字代号，然后依据汉字的字型确定汉字的字型代号，将末笔画代号与字型代号组合而成的区位号就是汉字的识别码（末笔画代号为区号，字型代号为位号）。

例如，"故"字，最末笔画是"捺"，代号是 4；字型为左右型，代号为 1。因此，识别码的区号为 4，位号是 1，区位号是 41，区位号是 41 的键位是 Y。所以，Y 键是"故"字的识别码。

又如，"位"字，末笔画是"横"，代号为 1；字型为左右型，代号为 1。因此，识别码的区号是 1，位号是 1，区位号是 11，区位号是 11 的键位是 G。所以，G 键是"位"字的识别码。

（2）构成识别码的规则

汉字的末笔画有 5 种（横 1、竖 2、撇 3、捺 4、折 5），汉字字型有 3 种（左右型 1、上下型 2、杂合型 3），因此汉字的识别码共有 15 种，见表 7-5。

表 7-5　识别码

	左右型（1）		上下型（2）		杂合型（3）	
横（1）	11	G	12	F	13	D
竖（2）	21	H	22	J	23	K
撇（3）	31	T	32	R	33	E
捺（4）	41	Y	42	U	43	I
折（5）	51	N	52	B	53	V

（3）左右型汉字识别码举例

对于左右型汉字的识别码，举例如下：

汉　字	字　型	字型代码	末　　笔	末笔代码	区　位　码	识　别　码
洒	左右型	1	横	1	11	G
汀	左右型	1	竖	2	21	H
沐	左右型	1	捺	4	41	Y

（4）上下型汉字的识别码举例

对于上下型汉字的识别码，举例如下：

汉　字	字　型	字型代码	末　　笔	末笔代码	区　位　码	识　别　码
奋	上下型	2	横	1	12	F
只	上下型	2	捺	4	42	U
气	上下型	2	折	5	52	B

（5）杂合型汉字的识别码

对于杂合型汉字的识别码，举例如下：

汉 字	字 型	字型代码	末 笔	末笔代码	区 位 码	识 别 码
升	杂合型	3	竖	2	23	K
国	杂合型	3	捺	4	43	I
万	杂合型	3	折 ·	5	53	V

如果不想记忆的话，可按以下步骤判断该用什么识别码：

（1）判断汉字的结构。

（2）根据汉字的最后一笔画判断识别码在哪一个区。

（3）结合汉字的结构与汉字的最后一笔画确定其识别码。其规则如下：

最后一笔画	汉字结构	识 别 码	实 例
横	左右	G	借
	上下	F	全
	杂合	D	里
竖	左右	H	部
	上下	J	章
	杂合	K	匠
撇	左右	T	伐
	上下	R	笔
	杂合	E	必
捺	左右	Y	认
	上下	U	定
	杂合	I	义
折	左右	N	孔
	上下	B	岂
	杂合	V	无

写出下列汉字的识别码。

汉 字	识 别 码	汉 字	识 别 码
析		回	
灭		备	
杠		硒	
末		斩	
杂		切	
香		借	
部		认	
全		匠	

2. 末笔的特殊约定

我们在使用识别码输入汉字时，对汉字的末笔有如下一些约定。

（1）为了有足够多的区分能力，对"辶、廴"的字和全包围的字，它们的末笔一律取包围部分的末笔。例如：

迎 ➡ 迎 迎 迎 迎 ←末笔

（2）被全包围的汉字，如被"囗"包围的汉字，它们的末笔为被包围部分的末笔。例如：

烟 ➡ 烟 烟 烟 烟 ←末笔

（3）汉字"九、刀、七、力、匕"等末笔为折。例如，幼、男、花等。

幼 ➡ 幼 幼 幼 ←末笔

（4）带单独点的字，如"义、太"等，我们把点当做末笔，并认为点与附近的字根是"连"的关系，为杂合型，识别码为字母 I。例如：

太 ➡ 太 太 太 ←末笔

（5）"我、戋、成"等字的末笔，按"从上到下"的原则，一律规定末笔为撇。如"我"字，最后一个字根是"丿"，编码是 TRNT；而"贱"的基本编码是 MG，末笔为"戋"字根的"丿"，字型为 1，所以识别码为 31，即 MGT。

提示

知道了末笔的约定，就可以正确地判断文字的识别码了。我们在学习五笔输入法的过程中，识别码的判断是一个难点，虽然只有很少的字需要识别码，但是为了提高录入速度，还是要掌握这部分内容。

3. 两个编码的汉字输入

如果一个汉字拆分后的字根数目只有两个，那么就按照拆分顺序，录入拆分出的字根对应的第一个编码、第二个编码，然后加一个识别码，就能输入汉字了。

	第一码	第一个字根
两个编码的汉字输入	第二码	第二个字根
	第三码	识别码

例如，"万"字拆成"厂"和"乙"两个字根，按照规则应取这两个字根的编码，然后再加一个识别码 V，因此，"万"字的五笔字型编码为 DNV。

万 ➡ 万 万
D N V（识别码）

又如，

元：二、儿，识别码：2折（末笔折、上下型2），编码：FQB。

洒：氵、西，识别码：1横（末笔横、左右型1），编码：ISG。

字：宀、子，识别码：2横（末笔横、上下型2），编码：PBF。

沐：氵、木，识别码：1点（末笔点、左右型1），编码：ISY。

4. 三个编码的汉字输入

如果一个汉字拆成的字根数目有 3 个，那么就按照拆分的顺序，击打拆分出的字根所对应的第一个编码、第二个编码、第三个编码，然后再加一个识别码。

例如，"略"字拆成"田、冬、口"三个字根，按照规则取 3 个字根的编码，然后再加一个识别码 G。因此，"略"字的五笔字型编码为 LTKG。

略 ➡ 略 略 略
L T K G（识别码）

又如，"同"字拆成"冂、一、口"三个字根，按照规则取这三个字根的编码，然后再加一个识别码 D，因此，"同"字的五笔字型编码为 MGKD。

同 ➡ 同 同 同
M G K D（识别码）

再如，

串：口→口→丨，识别码：3竖（末笔竖、杂合型3），编码：KKHK。

沥：氵、厂、力，识别码：1折（末笔折、左右型1），编码：IDLN。

周：冂、土、口，识别码：3横（末笔横、杂合型3），编码：MFKD。

晰：日、木、斤，识别码：1竖（末笔竖、左右型1），编码：JSRH。

 写出下列汉字的字根和编码，并反复进行录入练习。

汉　字	字　根	编　码	汉　字	字　根	编　码
歹			刁		
奋			筋		
待			仅		

汉　字	字　根	编　码	汉　字	字　根	编　码
等			今		
丑			巾		
惊			劫		
伐			叭		
饵			坊		
尔			犯		
讥			乏		
肚			钓		
冬			肩		
叮			剂		
句			讣		
惶			决		
京			父		
把			誊		
回			付		
坝			盲		
忌			伏		
伎			钾		
弗			贾		
草			拂		
讥			巨		
击			败		
酒			仓		
井			幻		
叉			户		

7.4　单字输入编码歌诀

可以熟记下面的编码歌诀，以便于记忆单字的输入方法：

五笔字型均直观，依照笔顺把码编；

键名汉字打四下，基本字根请照搬；

一二三末取四码，顺序拆分大优先；

不足四码要注意，交叉识别补后边。

该歌诀中包括了以下原则：

（1）取码顺序，依照从左到右、从上到下、从外到内的书写顺序。

（2）键名汉字的输入方法是打 4 下。

（3）字根数为 4 或大于 4 时，按一、二、三、末字根顺序取 4 码。

（4）不足 4 个字根时，打完字根后，补交叉识别码于尾部。该情况下，码长为 3 或 4。

歌诀中"基本字根请照搬"和"顺序拆分大优先"是拆分的原则。就是说在拆分中以基本字根为单位，并且在拆分时"取大优先"，尽可能先拆出笔画最多的字根，或者说拆分出的字根数要尽量少。

7.5　易拆错汉字编码示例

 下面一些汉字，在拆分时容易拆分错误，在此特别列出，请反复输入练习。

禹：TKMY	兔：QKQY	秉：TGVI	爪：RHYI	禺：JMHY
臣：AHNH	册：MMGD	年：RHFK	垂：TGAF	未：FII
亟：BKCG	用：ETNH	夜：YWTY	舞：RLGH	凹：MMGD
考：FTGH	事：GKVH	成：DNNT	甫：GEHY	寨：PFJS
身：TMDT	推：RWYG	万：DNV	用：ET	曲：MAD
州：YTYH	西：SGHG	凸：HGMG	矛：CBTR	械：SA
追：WNNP	貌：EERQ	或：AKGD	开：GA	外：QH
行：TF	魂：FCRC	曳：JXE	末：GSI	豫：CBQE

第8章 五笔字型快速录入

为了提高汉字录入速度，五笔字型输入法中常采用简码和词组来进行录入。对于常用的汉字，五笔字型输入法制定了一级简码、二级简码、三级简码。而词组是指两个及两个以上汉字构成的汉字串。

8.1 简码输入

为了减少击键次数，提高输入速度，对常用汉字，五笔字型制定了一级简码、二级简码、三级简码规则，即只需输入该汉字的前一个字根、前两个字根、前三个字根，再加空格键即可输入。

在五笔字型输入法中，由于具有各种简码的汉字总数已有 5000 多个，它们已经占了常用汉字的绝大多数，因此，使得编码输入变得非常简明直观，如能熟悉这些简码的输入，可以大大提高汉字录入速度。

8.1.1 一级简码

在五笔字型输入法中，输入一个字或一个词语最多要敲击 4 次，但对于大多数常用汉字来说，并不用敲 4 次，一般敲两次、三次就可以了。

在五笔字型输入法中，挑出了在汉语中使用频率最高的 25 个汉字，把它们分布在键盘的 25 个字母上，并称之为一级简码，又称高频字。如图 8-1 所示。

图 8-1 五笔字型中的一级简码

一级简码的输入方法是：单击一下所在键，再按一下空格键。

取 码 顺 序	第 一 码	第 二 码
取码要素	击一个字母键	空格键

（1）一级简码基本上都含有所在键上的字根，如"中"在 K 键位上，有"口"这个字根。只有"我、为"这两个高频字没有所在键上的字根，需要单独记忆。

（2）一级简码与另外一些字组成词组时，需要取其前一码或前两码，所以在熟记其一级简码的同时，也有必要熟记其前两码。

 反复练习输入下面的高频字。

高 频 字	一级简码	全 码	前 两 码
我	Q	TRNT	TR
人	W	WWWW	WW
有	E	DEF	DE
的	R	RQY	RQ
和	T	TKG	TK
主	Y	YGD	YG
产	U	UTE	UT
不	I	GII	GI
为	O	YLYI	YL
这	P	YPI	YP
工	A	AAAA	AA
要	S	SVF	SV
在	D	DHFD	DH
地	F	FBN	FB
一	G	GGLL	GG
上	H	HHGG	HH
是	J	JGHU	JG
中	K	KHK	KH
国	L	LGY	LG
经	X	XCAG	XC
以	C	NYWY	NY
发	V	NTCY	NT
了	B	BNH	BN
民	N	NAV	NA
同	M	MGKD	MG

8.1.2 二级简码

二级简码由 25 个键位代码排列组合而成，编码容量为 25×25=625 个汉字。由于有部分两个代码的组合没有汉字或组合得到的汉字不常用，故实际安排的二级简码将近 600 个。

在进行单字输入时，二级简码的出现频率是较高的。记住了这些字，在输入过程中会事半功倍。

二级简码的输入方法是：取前两个字根，再按一下空格键。

取码顺序	第 一 码	第 二 码	第 三 码
取码要素	第一个字根码	第二个字根码	空格键

例如，"经"字可以拆成"纟、ス、工"三个字根，由于"经"字是二级简码，所以输入时，只需打"XC"两个编码，再击空格键即可。

又如，"澡"字可以拆成"氵、口、口、口、木"五个字根，由于"澡"是二级简码，所以输入时，只需打"IK"两个编码，再击空格键即可。

再如，

睡：HT+空格　　　　屡：NO+空格　　　　药：SY+空格

五笔字型中的二级简码汉字，见表 8-1。其中少数空白处表示这种汉字编码没有对应的汉字。

表 8-1　二级简码汉字

首码		GFDSA 11--------15	HJKLM 21-------25	TREWQ 31--------35	YUIOP 41-------45	N BVCX 51--------55
G	（11）	五于天末开	下理事画现	玫珠表珍列	玉平不来	与屯妻到互
F	（12）	二寺城霜载	直进吉协南	才垢圾夫无	坎增示赤过	志地雪支
D	（13）	三夺大厅左	丰百右历面	帮原胡春克	太磁砂灰达	成顾肆友龙
S	（14）	本村枯林械	相查可楞机	格析极检构	术样档杰棕	杨李要权楷
A	（15）	七革基苛式	牙划或功贡	攻匠菜共区	芳燕东 芝	世节切芭药

首　码		GFDSA 11---------15	HJKLM 21-------25	TREWQ 31--------35	YUIOP 41-------45	N BVCX 51---------55
H	（21）	睛睦 盯虎	止旧占卤贞	睡 肯具餐	眩瞳步眯瞎	卢 眼皮此
J	（22）	量时晨果虹	早昌蝇曙遇	昨蝗明蛤晚	景暗晃显晕	电最归紧昆
K	（23）	呈叶顺呆呀	中虽吕另员	呼听吸口史	嘛啼吵 喧	叫啊哪吧哟
L	（24）	车轩因困	四辊加男轴	力斩胃办罗	罚较 边	思 轨轻累
M	（25）	同财央朵曲	由则 崭册	几贩骨内风	凡赠峭 迪	岂邮 风

首 码	GFDSA 11--------15	HJKLM 21--------25	TREWQ 31--------35	YUIOP 41--------45	N BVCX 51--------55
T (31)	生行知条长	处得各务向	笔物秀答称	入科秒秋管	秘季委么第
R (32)	后持拓打找	年提扣押抽	手折扔失换	扩拉朱搂近	所报扫反批
E (33)	且肝 采肛	胆肿肋肌	用遥朋脸胸	及胶膛 爱	甩服妥肥脂
W (34)	全会估休代	个介保佃仙	作伯仍从你	信们偿伙	亿他分公化
Q (35)	钱针然钉氏	处旬名甸负	儿铁角欠多	久匀乐炙锭	包凶争色

首 码	GFDSA 11--------15	HJKLM 21--------25	TREWQ 31--------35	YUIOP 41--------45	N BVCX 51--------55
Y (41)	主计庆订度	让刘训为高	放诉衣认义	方说就变这	记离良充率
U (42)	闰半关亲并	站间部曾商	产瓣前闪交	六立冰普帝	决闻妆冯北
I (43)	汪法尖洒江	小浊澡渐没	少泊肖兴光	注洋水淡学	沁池当汉涨
O (44)	业灶类灯煤	粘烛炽烟灿	烽煌粗粉炮	米料炒炎迷	断籽娄烃
P (45)	定守害宁宽	寂审宫军宙	客宾家空宛	社实宵灾之	官字安 它

首 码	GFDSA 11--------15	HJKLM 21--------25	TREWQ 31--------35	YUIOP 41--------45	N BVCX 51--------55
N (51)	怀导居 民	收慢避惭届	必怕 愉懈	心习悄屡忧	忆敢恨怪尼
B (52)	卫际承阿陈	耻阳职阵出	降孤阴队隐	防联孙耿辽	也子限取陡
V (53)	姨寻姑杂毁	旭如舅	九 奶婚	妍嫌录灵巡	刀好妇妈姆
C (54)	对参 戏	台劝观	矣牟能难允	驻 驼	马邓艰双
X (55)	线结顷 红	引旨强细纲	张绵级给约	纺弱纱继综	纪弛绿经比

提示

二级简码数量较多，除了加强记忆外，在日常练习中要注重观察和积累。建议初学者在使用输入法时，先将输入法设置为"逐行提示"，这样经过长时间的使用，哪些字为简码就可以很快掌握了。

写出下列汉字的二级简码，并反复进行输入练习。

汉 字	二级简码	汉 字	二级简码	汉 字	二级简码
列		时		针	
现		画		革	
才		基		向	
近		下		年	
夺		五		各	
及		会		务	

汉　字	二级简码	汉　字	二级简码	汉　字	二级简码
二		代		仙	
小		烛		史	
珍		澡		计	
灯		良		间	
导		林		部	
天		开		钉	
扩		于		玫	
果		末		氏	
员		然		宁	
力		害		另	
闻		天		只	
得		于		财	
汪		呆		顺	
左		罗		处	
厅		困		则	
大		因		由	
法		笔		男	
并		半		曲	
关		民		伙	
本		久		戏	
庆		亲		怀	

8.1.3　三级简码

三级简码字较多，理论上可达 15625 个，而实际上只有 4400 余字。

三级简码的输入方法是：取前 3 个字根，再按一下空格键。

取码顺序	第　一　码	第　二　码	第　三　码	第　四　码
取码要素	第一个字根码	第二个字根码	第三个字根码	空格键

例如，"填"字可以拆成"土、十、且、八"四个字根，由于"填"字是三级简码，所以输入时，只需打"FFH"三个编码，再击空格键即可。

又如，"控"字可以拆成"扌、宀、八、工"四个字根，由于"控"字是三级简码，所以输入时，只需打"RPW"三个编码，再击空格键即可。

控 ➡ 扌 宀 八 工̸
R P W 空格

再如，
洗：ITF+空格　　　　解：QEV+空格　　　　咱：KTH+空格

三级简码看上去击键次数仍是 4 键，没有减少总的击键次数，但由于省略了前 3 个字根之后的字根判定或者交叉识别码的判定，因此可提高编码速度，进而提高输入速度。

写出下列汉字的三级简码，并反复进行输入练习。

汉　字	三 级 简 码	汉　字	三 级 简 码	汉　字	三 级 简 码
治		解		搓	
者		敌		缸	
差		群		配	
散		意		碳	
夹		始		隶	
施		纸		属	
效		选		键	
夜		次		输	
免		系		编	

8.1.4　简码的选择输入

在五笔字型输入法中，全部简码已占常用汉字的绝大部分。在实际录入文章时，应充分利用简码提高速度。

有的汉字，既是一级简码，同时又是二级、三级简码，要尽量取最简单的方式。要养成一个良好的习惯，若一个汉字能用简码输入，就绝不要用全码输入。

例如，"经"字，同时具有一、二、三级简码及全码等 4 个输入码，即：经（X+空格），经（XC+空格），经（XCA+空格），经（XCAG）。这就为汉字输入提供了极大便利。

经 ➡ 纟
X 空格

8.2 词组输入

在汉字输入法中，以词组为单位的输入方法常常可以达到减少编码长度、提高效率的目的。在五笔字型输入法中，也设计了词组的输入方法，单字和词组编码可以共存共容，输入方法可混合进行。

在五笔字型中输入词组时不需要进行任何转换，不需要再附加其他信息，可以与字一样用四码来代表一个词组。

五笔字型输入法将词组分为以下几类：

（1）二字词组：由两个汉字构成的词组，如故事、我们、文学、信息、方法等。

（2）三字词组：由三个汉字构成的词组，如计算机、图书馆、国务院等。

（3）四字词组：由四个汉字构成的词组，如艰苦奋斗、少数民族、日积月累等。

（4）多字词组：由四个以上汉字构成的词组，如中华人民共和国、中国人民解放军等。

8.2.1 二字词组输入

二字词组在汉语词汇中占的比例很大，也是我们用的最多的词汇输入。熟练地掌握二字词组的输入是提高文章输入速度的重要环节。

二字词组的编码规则是：每字各取前两个字根，组合成四码。

取 码 顺 序	第 一 码	第 二 码	第 三 码	第 四 码
取 码 要 素	第1个汉字 第1字根	第1个汉字 第2字根	第2个汉字 第1字根	第2个汉字 第2字根

例如，在录入词组"摆脱"时，依次取出两个汉字的前两个字根构成四码"扌、四、月、丷"。"扌"的编码为 R，"四"的编码为 L，"月"的编码为 E，"丷"的编码为 U。因此，词组"摆脱"的编码为 RLEU。

$$摆脱 \rightarrow 摆\quad 摆\quad 脱\quad 脱$$
$$R\quad\ \ L\quad\ \ E\quad\ \ U$$

又如，在录入词组"吉利"时，依次取出两个汉字的前两个字根构成四码"士、口、禾、刂"。"士"的编码为F，"口"的编码为K，"禾"的编码为T，"刂"的编码为J。因此，词组"吉利"的编码为FKTJ。

吉利 ➡ 吉 吉 利 利
　　　 F　K　T　J

又如，

合同 ➡ 合 合 同 同 WGMG

经济 ➡ 经 经 济 济 XCIY

再如，

安排：PVRD	奥秘：TMTN	药品：AXKK	野生：JFTG
煤田：OALL	掩护：RDRY	议价：YYWW	仪式：WYAA
异常：NAIP	意思：UJLN	周期：MFAD	主演：YGIP
壮丽：UFGM	学校：IPSU	思维：LNXW	修理：WHGJ
工人：AAWW	已经：NNXC	战斗：HKUF	革命：AFWG
事业：GKOG	计划：YFAJ	开会：GAWF	保证：WKYG
成立：DNUU	出现：BMGM	大众：DDWW	机器：SMKK
汉字：ICPB	技术：RFSY	编码：XYDC	程序：TKYC
垃圾：FUFE	任何：WTWS	公司：WCNG	编辑：XYLK

 反复练习输入下列二字词组。

方针	信息	系统	工人	干部	人才
出现	年轻	平凡	书籍	使命	地球
书店	内容	内存	其次	重复	书记
事项	收回	寿命	食物	点头	专业
能力	方向	地面	程序	等于	安排
电脑	领导	革命	进行	大学	名胜
计算	事业	技术	得到	情况	世界
等级	等候	得力	当地	世纪	使用
生动	施工	十分	人事	爱护	机器
健康	神圣	稍微	任意	修理	工程
基础	历史	我们	文明	你们	威名
工作	闻名	大众	文盲	长度	宾馆
处长	报告	参观	保障	成长	部分

8.2.2 三字词组输入

如果构成词组的汉字个数为 3 个，那么这类词组就属于三字词组。如"初学者"、"标准化"都属于三字词组。

三字词组的编码规则是：前两个字各取一个字根，最后一字取前两个字根，组成四码。

取码顺序	第 一 码	第 二 码	第 三 码	第 四 码
取码要素	第 1 个汉字 第 1 字根	第 2 个汉字 第 2 字根	第 3 个汉字 第 1 字根	第 3 个汉字 第 2 字根

例如，在录入词组"国务院"时，依次取出前两个汉字的首两个字根，以及第三个汉字的第一、二字根，构成四码"囗、夂、阝、宀"。"囗"的编码为 L，"夂"的编码为 T，"阝"的编码为 B，"宀"的编码为 P。因此，词组"国务院"的编码为 LTBP。

国务院 ➡ 国 务 院 院
L T B P

又如，在录入词组"现代化"时，依次取出前两个汉字的首两个字根，以及第三个汉字的第一、二字根，构成四码"王、亻、亻、匕"。"王"的编码为 G，"亻"的编码为 W，"亻"的编码为 W，"匕"的编码为 X。因此，词组"现代化"的编码为 GWWX。

现代化 ➡ 现 代 化 化
G W W X

再如，

硬功夫：DAFW	办公室：LWPG	小数点：IOHK
闭幕式：UAAA	计算机：YTSM	基本功：ASAL
绝对化：XCWX	动物园：FTLF	核工业：SAOG
洗衣机：IYSM	计算机：YTSM	生产率：TUYX
乘务员：TTKM	林业部：SOUK	办公室：LWPG
操作员：PWKM	动物园：FTLF	大熊猫：DCQT
基本上：ASHH	解放军：QYPL	电视机：JPSM
辽宁省：BPIT	委员会：TKWF	自动化：TFWX
工程师：ATJG	天安门：GPUY	使用权：WESC
精确度：ODYA	派出所：IBRN	打基础：RADB

反复练习输入下列三字词组。

图书馆	打电话	纺织厂	气象台	统计表
大熊猫	笔记本	重要性	运动员	工程师
闭幕式	毕业生	前不久	生产力	共产党
招待会	游泳场	心里话	房地产	井冈山
报告会	专家组	积极性	杂志社	加工厂
示范户	房地产	评论员	干什么	故事片
重工业	汽车站	纪录片	技术员	工业化
司令部	自行车	俱乐部	印度洋	大部分
气象台	专利法	常委会	团支部	马克思
百分比	卫生部	鉴定会	本世纪	工业化
机械化	代办处	研究所	联系人	知识化
房租费	展览会	大学生	幼儿园	百分比

8.2.3 四字词组输入

如果构成词组的汉字个数是 4 个，那么就称这类词组为四字词组。

四字词组的编码规则是：每个字各取第一个字根，组成四码。

取 码 顺 序	第 一 码	第 二 码	第 三 码	第 四 码
取 码 要 素	第1个汉字 第1字根	第2个汉字 第1字根	第3个汉字 第1字根	第4个汉字 第1字根

例如，在录入词组"艰苦奋斗"时，依次取出每个汉字的首字根，构成"又、艹、大、冫"的四个编码。因此，词组"艰苦奋斗"的编码为 CADU。

又如，在录入词组"斩草除根"时，依次取出每个汉字的首字根，构成"车、艹、阝、木"的四个编码。因此，词组"斩草除根"的编码为 LABS。

斩草除根 ➡ 斩　草　除　根
　　　　　　　L　A　B　S

再如，

炎黄子孙：OABB	家用电器：PEJK	社会主义：PWYY
科学技术：TIRS	按劳取酬：RABS	口若悬河：KAEI
五笔字型：GTPG	调查研究：YSDP	程序设计：TYYY
知识分子：TYWB	参考消息：CFIT	自力更生：TLGT
卧薪尝胆：AAIE	莫名其妙：AQAV	信息处理：WTTG
人民政府：WNGY	少数民族：IONY	操作系统：RWTX
胸有成竹：EDDT	熟能生巧：YCTA	繁荣昌盛：TAJD
爱莫能助：EACE	安居乐业：PNQO	标点符号：SHTK

 反复练习输入下列四字词组。

众所周知	人民日报	任何时候	千方百计
边缘学科	精打细算	闻所未闻	科学研究
有目共睹	水落石出	前所未有	祖国统一
勤工俭学	朝气蓬勃	埋头工作	友好往来
中国人民	中外合资	中国政府	游刃有余
共产主义	独占鳌头	日积月累	爱国主义
淋漓尽致	秋高气爽	培训中心	调查研究
国民经济	高等院校	各级党委	政治面貌
国防大学	新华书店	社会科学	天气预报
外部设备	文化水平	优质产品	风起云涌

8.2.4 多字词组输入

多字词组是指超过 4 个汉字组成的词汇。

多字词组的编码规则是：取第一、二、三和最末一个汉字的第一个字根，组成四码。

取码顺序	第 一 码	第 二 码	第 三 码	第 四 码
取码要素	第1个汉字 第1字根	第2个汉字 第1字根	第3个汉字 第1字根	最后一个汉字 第1字根

例如，在录入词组"新技术革命"时，依次取出第一、二、三个汉字的首字根，一级最后一个汉字的首字根，构成"立、扌、木、人"的四个编码。因此，词组"新技术革命"的编码为 URSW。

$$新技术革命 \Rightarrow \quad 新 \qquad 技 \qquad 术 \qquad 命$$
$$U \qquad R \qquad S \qquad W$$

又如，在录入词组"有志者事竟成"时，依次取出第一、二、三个汉字的首字根，一级最后一个汉字的首字根，构成"ナ、士、土、厂"的四个编码。因此，词组"有志者事竟成"的编码为 DFFD。

有志者事竟成 ➡ 有 志 者 成
D F F D

再如，

马克思主义：CDLY   中华人民共和国：KWWL

现代化建设：GWWY   一切从实际出发：GAWN

为人民服务：YWNT   中共中央总书记：KAKY

中国共产党：KLAI   马克思列宁主义：CDLY

中央委员会：KMTW   当一天和尚撞一天钟：IGGQ

新华通讯社：UWCP   五笔字型计算机汉字输入技术：GTPS

百闻不如一见：DUGM

 反复练习输入下列多字词组。

军事委员会	名不见经传	国务院办公厅
四个现代化	喜马拉雅山	国际劳动妇女节
西藏自治区	人民大会堂	中国人民解放军
中国共产党	中国科学院	对外经济贸易部
中央电视台	有中国特色	中央人民广播电台
电子计算机	新华通讯社	全国人民代表大会
广播电视部	维护世界和平	养兵千日用兵一时
毛泽东思想	辩证唯物主义	新疆维吾尔自治区

8.3 特殊词组的输入

8.3.1 词组中有一级简码汉字

有时候，词组中可能存在一个或几个一级简码汉字，如词组"人定胜天"中的"人"字是一级简码汉字。"国家"中的"国"字是一级简码汉字。在录入这类词组时，我们都不将一级简码汉字看成是一级简码汉字，而只是把它当做普通的汉字，按照一般的汉字拆分规则来录入。

例如，词组"中期"中的"中"字属于一级简码汉字，编码是 K。但是在词组中不把它看成是一级简码汉字，而是按照普通汉字的拆分方法，将"中"字拆分成"口、丨"，编码是 KH。它与"期"字的前两个字根"廿、三"的编码 AD，构成四码"口、丨、廿、三"，因此，词组的编码是 KHAD。

又如，词组"要员"中的"要"字属于一级简码汉字，编码是 S，但是在词组中不把它看成是一级简码汉字，而是按照普通汉字的拆分方法，将"要"字拆分成"西、女"，它与"员"字的前两个字根"口、贝"构成四码，即是词组的编码。

下面将所有一级简码汉字的拆分方法列出来，在实际录入过程中，用户需要几位编码就选择几位编码。

一级简码	字根	一级简码	字根	一级简码	字根
我	丿扌乚丿	主	丶王	工	工工工工
人	人人人人	产	立丿	要	西女
有	𠂇月	不	一小	在	𠂇土
的	白勹丶	为	丶力丶	地	土也
和	禾口	这	文辶	一	一一
上	上丨一一	经	纟ㄑ工	了	了乙丨
是	日一龰	以	乙、人	发	乙丿又、
中	口丨	国	口王、	同	门一口
民	尸七				

练习输入下列带有一级简码汉字的词组。

所以：RNNY   经过：XCFP
发现：NTGM   同意：MGUJ
是否：JGGI   地理：FBGJ

8.3.2 词组中有键名汉字

有时候词组中可能存在一个或几个键名汉字，如词组"工作"中的"工"字，就是键名汉字，"土地"中的"土"字也是键名汉字。

键名汉字的录入规则是连续敲击 4 下键名汉字所在的键位。如果键名汉字出现在词组中，它的录入方法还是与打单个键名汉字一样，只不过不是敲击 4 下键位，而是需要取这个键名汉字的几码就敲几下键位。

例如，词组"大队"中的"大"是键名汉字，由于"大队"是二字词组，按照二字词组的取码规则，需要取每个汉字的前两码，在录入"大"时，就需要敲击两下 D 键。因此，"大队"的编码是 DDBW。

又如，词组"大规模"，按照三字词组取码规则，只需要取"大"字的一码，所以在录入过程中只需要敲一下"D"键即可。因此，词组"大规模"的编码是 DFSA。

 练习输入下列带有键名汉字的词组。

人民：WWNA	月亮：EEYP
言语：YYYG	站立：UHUU
之中：PPKH	工会：AAWF
木头：SSUD	大队：DDBW
子孙：BBBI	王码：GGDC

8.3.3 词组中有成字字根汉字

有时候词组中可以存在一个或几个成字字根汉字，如词组"儿子"中的"儿"，"用户"中的"用"等都是成字字根汉字。

在词组中成字字根汉字的录入与单个成字字根汉字录入规则一样，都需要先报户口，然后再依次录入笔画的编码，不同的是，在录入词组中的成字字根时，不再需要录入完所有的成字字根汉字编码，而是根据需要选择出几位编码来构成词组的编码。

例如，成字字根汉字"用"的编码是 ETNH，但在词组"用户"中，按照词组录入规则，我们只取前两位编码 ET，与"户"字的两位编码一起构成词组的编码 ETYN。

又如，成字字根"雨"的编码是 FGHY，但在词组"雨后春笋"中，我们按照四字词组规则，只取"雨"的第一位编码 F，与后面汉字的编码一起构成词组的编码 FRDT。

第 9 章　五笔字型高级使用技巧

9.1　选择重码

在五笔字型编码方案中，将极少一部分无法确定编码的汉字，用相同的编码来表示。这些具有相同编码的汉字，称为"重码字"。

1. 利用数字键选取重码字

五笔字型对重码字按其使用频率做了分级处理。输入重码字的编码时，重码字会同时出现在提示行，而较常用的摆在第一个位置上。如果所要的字在第一个位置，可继续输入下文，该字会自动跳到光标所在位置上。它们的输入就像没有重码一样，完全不影响输入速度。如果需要的是不常用的那个字，则可根据它的位置号，按数字键"1、2、3…"，即可使它显示在编辑位置上。

例如，输入 TMGT 后，在重码提示窗口就会出现"微"、"徽"、"徵"3 个汉字，如图 9-1 所示。

图 9-1　重码字的选择

如果这时我们需要的是"微"，就不必挑选，只管输入下文，"微"就会自动跳到光标位置；如果需要的是"徽"字，则需要击一下数字键"2"；如果需要"徵"字，则需击一下数字键"3"。

2. 使用后缀码分离重码字

为了进一步减少重码，提高输入速度，在五笔字型汉字输入法中特别定义了一个后缀码 L，即把重码字中使用频度较低的汉字编码的最后一个编码改成后缀码 L。这样，在输入使用频率较高的重码汉字时用原码，输入一个使用频度较低的重码汉字时，只要把原来单字编码的最后一码改成 L 即可。这样两者都不必再做任何特殊处理或增加按键就能输入，从而再次把重码字离散开来。

掌握了这一方法后，在输入一些汉字时，就可以不用再担心遇到重码，同时也提高了汉字的输入速度。

9.2 容错码

为了便于学习和使用，五笔字型输入法中引入了容错技术，设计了容错码。容错码就是对一些比较容易错的编码的汉字，即使错误输入，也能出现正确的汉字。

1. 拆分容错

个别汉字在书写顺序上，因人而异，容易弄错。五笔字型汉字输入法允许其他一些习惯顺序的输入，这就是拆分容错。

例如，五笔字型汉字输入法中规定"长"字，应拆分为"丿七、"，正确码为 TAYI。但是，在实际书写时，按照各人不同的习惯，又存在 3 种码：ATYI、TGNY、GNTY。则这三个码就是"长"字的拆分容错码。

2. 字型容错

个别汉字的字型分类不很明确，在判断时往往搞错，因此设计了字型容错码。

例如：

"右"字（ナ口）的正确码为 DKF，容错码为 DKD。

"占"字（卜口）的正确码为 HKF，容错码为 HKD。

3. 末笔容错

末笔容错是指汉字的末笔可以有多种取法。

例如，"化"字的末笔既可以取折（乙），也可以去撇（丿）。

4. 繁简容错

繁简容错是指按照汉字的繁体来拆分，也可以输入繁体汉字。

例如，"国"字，如果按照繁体字输入，可以取字根"囗戈口一"。

容错码不是万能的，只是在一个很小的范围内给予帮助。所以，必须要认真学习，熟练掌握汉字的正确拆分方法和编码原则，不能把希望寄托在容错码上。

9.3 学习键 Z

在用五笔字型汉字输入法进行汉字输入时，对编码中难以确定的按键可以用 Z 键代替。

Z 键是五笔字型中的万能学习键，它可以用来代替识别码或字根，帮助读者学习汉字编码。

1. 代替识别码

当对一个汉字的识别码不清楚的时候，可以利用 Z 键来代替识别码进行汉字的输入。例如，如果不知道"天"的识别码，可打入 GDZ，此时屏幕上显示如图 9-2 所示。

图 9-2　Z 键代替识别码

从屏幕上的提示，我们可以了解到，"天"的识别码是 I。这时，键入数字键"4"，就可以输入"天"字了。

2. 代替字根

Z 键可以代替用户一时记不清或分解不准的任何字根，并通过提示行使用户知道 Z 键对应的键位或字根。

例如，当记不清"别"的第 3 个字根的编码时，可以打入 KLZ，通过翻页寻找我们需要的汉字，如图 9-3 所示。

图 9-3　Z 键代替字根

从屏幕上的提示可以了解到，"别"的第 3 个字根编码为 J，输入对应的数字键即可输入"别"字。

9.4　输入中文标点

键盘在设计时，是按照英文打字机的标准来进行的，所以，有些中文标点在键盘上是找不到的，如顿号"、"和句号"。"等。

当计算机键盘上没有对应的中文标点时，要想输入中文标点符号，应首先单击输入法工具栏中的"中文/英文标点"工具图标，转换成中文标点输入状态。在这种状态下，就可以用英文键盘直接输入中文标点符号，见表9-1。

表9-1　中文标点符号及对应键

中文标点符号	对 应 键	中文标点符号	对 应 键
、顿号	\	。句号	.
！感叹号	！	，逗号	，
：冒号	：	；分号	；
？问号	？	.小数点	（数字键盘区）
——破折号	Shift+-	……省略号	Shift+6
'左单引号	'（第一次）	'右单引号	'（第二次）
"左双引号	Shift+"（第一次）	"右双引号	Shift+"（第二次）
《左书名号	<	》右书名号	>
（左小括号	（	）右小括号	）

提示

有的键盘符号粗看起来与相对应的中文标点差不多，例如，英文逗号","和中文逗号"，"。但实际上它们是由本质区别的。英文符号只占用一个字节的空间，而中文符号要占用两个字节的空间。通常情况下，英文符号在英语文章中使用，而中文符号在汉语文章中使用。

9.5　比较五笔字型 86 版与 98 版

下面首先比较86版和98版五笔字型的特点及其区别。

9.5.1　比较两种版本的特点

1. 86 版五笔字型的优点及其不足

86 版五笔字型输入法推出后，获得了巨大成功，这与其本身所具有的优点是分不开的。与其他汉字输入法相比，86 版五笔字型输入法具有以下优点：

（1）重码少，学习容易。

（2）击键次数相对较少，最多只需击键 4 次。

（3）既可以输入单个汉字，也可以输入词语。

（4）可以用双手十指分工击键，输入速度快。

（5）具有一定的通用性。

86 版五笔字型在推广和使用中，也暴露出了其不足之处。86 版五笔字型的不足之处在于：

（1）在对汉字拆分进行编码时，常与汉语言文字的规范发生冲突。

（2）不能对某些规范字根做到整字取码。

（3）没有根据语言文字规范来拆分某些汉字的笔画顺序，如将"饿"字最后一笔拆分为"点"，而不是"撇"。

（4）不能对繁体汉字进行拆分。

2．98 版五笔字型

针对 86 版的不足，王永明教授花费了 10 年的时间精心研制开发了五笔字型的 98 版本——98 王码。在 98 王码中，除了五笔字型外，还包括了五笔画法、五笔拼音等多种输入法，其中，五笔字型仍是 98 王码的核心。

98 版五笔字型是第一个符合我国汉语言文字的规范并通过鉴定的汉字输入方案，与 86 版相比，98 版主要改进了以下几个方面。

（1）取字造词或批量造词。在 86 版中可以通过手工进行造词，而在 98 版中，使用取字造词功能可以在编辑文本时，直接从屏幕中取字造词，这时系统会自动对新造的词按照取码规则编制正确的输入码，并存储到词库中。

另外，98 版具有批量造词功能，可在 98 版五笔字型提供的词库生成器中，一次性生成多个词组。

（2）编辑码表。98 版可以利用码表编辑器，对五笔字型编码进行编辑和修改，还可以创建容错码。

（3）支持重码动态调试。98 版可以提供对重码进行动态调试的支持。

（4）实现内码转换。在处理文档时，为克服不同中文操作平台产品间互不兼容的缺点，98 版提供了多内码文本转换器，从而使系统能够进行内码转换。

综上所述，98 版五笔字型比 86 版的编码体系更合理，部件选取更规范，编码规则更简单，更易学易用，输入效率更高，且对 86 版具有良好的兼容性。

9.5.2　两种版本的区别

98 版五笔字型是 86 版的升级版本，二者的区别主要表现在以下 5 个方面。

（1）对基本单元的称呼不同。86 版把构成汉字的基本单元称为"字根"；98 版把构成汉字的基本单元称为"码元"。

（2）选取的基本单元的数量不同。86 版选取了 130 个字根；98 版选取了 245 个码元。

（3）处理汉字的数量不同。86 版能处理国标简体字的 6763 个汉字；98 版除了可以处理国标简体字的 6763 个汉字外，还可以处理港、澳、台（BIG5 码）的 13053 个繁体字，以及中、日、韩三国大字符集中的 21003 个汉字。

（4）码元选取规范性。86 版中对某些规范字根没有做到整字取码；98 版的码元和笔画顺序完全符合文字规范。例如，86 版中需要拆分的"毛"、"丘"、"甘"、"羊"、"母"、"夫"、"末"等字根，98 版中都作为一个码元，整字取码。

（5）编码规则简明性。86 版在拆分时要先拆分字根，在拆分时常与语言文字规范产生矛盾；98 版首创了"无拆分编码法"，在编码时将总体形似的笔画结构归为同一码元，一律用码元来描述汉字笔画结构的特征，使五笔字型输入法更趋于合理易学。

尽管 98 版与 86 版有上述区别，但二者之间仍是兼容与被兼容的关系。

9.5.3 86 版用户学习 98 版时应注意的问题

对于已经学会使用 86 版的五笔字型用户，在学习 98 版时，应注意以下几个方面的问题。

1. 原有码元（字根）改变了键位

86 版用户在转用 98 版时，碰到的最大障碍是原有码元（字根）改到了新键位上，在输入的过程中，常常下意识地击老键位，因而发生差错。例如：

码元"臼"从"V"键改到了"E"键；

码元"力"从"L"键改到了"E"键；

码元"几"从"M"键改到了"W"键。

所以，必须把这些老码元（字根）的新键位作为学习重点，不断加深记忆，以达到能像使用 86 版本一样的熟练程度。

2. 新增码元

86 版用户在使用老版本的过程中，可能感到有些常用的汉字部件如果能作为码元会更好。所以，接触到新版本时，首先注意到的就是那些新增加的码元，例如"甘"、"甫"、"气"、"未"、"毛"、"几"、"母"、"良"、"力"、"丘"、"夫"、"皮"等，认为这些新码元有道理，因而印象深刻，比较容易记住。

3. 与原码元（字根）形似的新码元

有些新码元与原有码元（字根）非常相似，例如，新增码元"丘"与原有的码元（字根）"斤"形似，因而也比较容易记住。

4. 新老版本不同的取码顺序

虽然新老版本的取码规则是一样的，但是不少由同样码元（或字根）构成的字，新老版本的取码顺序却发生了明显变化，见表 9-2。

表 9-2 86 版和 98 版五笔字型取码顺序变化示例

汉　　字	86 版编码	98 版编码
加	LKG	EKG
建	VFHP	VGPK
悲	DJDN	HDHN
凸	HGMG	HGHG
傍	WUPY	WYUY
爸	WQCB	WRCB

在 98 版五笔字型中，对合体字做了进一步规划，在双合字和三合字的基础上，加分了四合字和多合字。

9.6 综合训练

 输入下面的短文，可反复练习。

谊和花香一样

曾经有人问过我，为什么那么喜欢植物?为什么总喜欢画花?

其实，我喜欢的不仅是那一朵花，而是伴随着那一朵花同时出现的所有的记忆；我喜欢的甚至也许不是眼前的大自然，而是大自然在我心里所唤起的那一种心情。

曾经从朋友那里听到一句使我动心的话："友谊和花香一样，还是淡一点的比较好，越淡的香气越使人依恋，也越能持久。"

真的啊! 在这条人生的长路上，有过多少次，迎面袭来的是那种淡淡的花香? 有过多少朋友，曾含笑以花香贻我?使我心中永远留着他们微笑的面容和他们淡淡的爱怜。

昂起头来真美

珍妮是个总爱低着头的小女孩，她一直觉得自己长得不够漂亮。有一天，她到饰物店去买了只绿色蝴蝶结，店主不断赞美她戴上蝴蝶结挺漂亮，珍妮虽不信，但是挺高兴，不由昂起了头，急于让大家看看，出门与人撞了一下都没在意。

珍妮走进教室，迎面碰上了她的老师，"珍妮，你昂起头来真美!"老师爱抚地拍拍她的肩说。

那一天，她得到了许多人的赞美。她想一定是蝴蝶结的功劳，可往镜前一照，头上根本就没有蝴蝶结，一定是出饰物店时与人一碰弄丢了。

自信原本就是一种美丽，而很多人却因为太在意外表而失去很多快乐。无论是贫穷还是富有，无论是貌若天仙，还是相貌平平，只要你昂起头来，快乐会使你变得可爱——人人都喜欢的那种可爱。

为生命画一片树叶

只要心存相信，总有奇迹发生，希望虽然渺茫，但它永存人世。

美国作家欧·亨利在他的小说《最后一片叶子》里讲了个故事:病房里，一个生命垂危的病人从房间里看见窗外的一棵树，在秋风中一片片地掉落下来。病人望着眼前的萧萧落叶，身体也随之每况愈下，一天不如一天。她说:"当树叶全部掉光时，我也就要死了。"一位老画家得知后，用彩笔画了一片叶脉青翠的树叶挂在树枝上。

最后一片叶子始终没掉下来。只因为生命中的这片绿，病人竟奇迹般地活了下来。

人生可以没有很多东西，却唯独不能没有希望。希望是人类生活的一项重要的价值。有希望之处，生命就生生不息!

追 求 忘 我

1858 年，瑞典的一个富豪人家生下了一个女儿。然而不久，孩子染患了一种无法治疗的瘫痪症，丧失了走路的能力。

一次，女孩和家人一起乘船旅行。船长的太太给孩子讲船长有一只天堂鸟，她被这只鸟的描述迷住了，极想亲自看一看。于是保姆把孩子留在甲板上，自己去找船长。孩子耐不住性子等待，她要求船上的服务生立即带她去看天堂鸟。那服务生并不知道她的腿不能走路，而只顾带着她一道去看那只美丽的小鸟。奇迹发生了，孩子因为过度地渴望，竟忘我地拉住服务生的手，慢慢地走了起来。从此，孩子的病便痊愈了。

忘我是走向成功的一条捷径，只有在这种环境中，人才会超越自身的束缚，释放出最大的能量。

成功并不像你想象的那么难

并不是因为事情难我们不敢做，而是因为我们不敢做事情才难的。

1965 年，一位韩国学生到剑桥大学主修心理学。在喝下午茶的时候，他常到学校的咖啡厅或茶座听一些成功人士聊天。这些成功人士包括诺贝尔奖获得者，某一些领域的学术权威和一些创造了经济神话的人，这些人幽默风趣，举重若轻，把自己的成功都看得非常自然和顺理成章。时间长了，他发现，在国内时，他被一些成功人士欺骗了。那些人为了让正在创业的人知难而退，普遍把自己的创业艰辛夸大了，也就是说，他们在用自己的成功经历吓唬那些还没有取得成功的人。

作为心理系的学生，他认为很有必要对韩国成功人士的心态加以研究。1970 年，他把《成功并不像你想象的那么难》作为毕业论文。后来这本书鼓舞了许多人，因为他们从一个新的角度告诉人们，成功与"劳其筋骨，饿其体肤"、"三更灯火五更鸡"、"头悬梁，锥刺股"没有必然的联系。只要你对某一事业感兴趣，长久地坚持下去就会成功。

人世中的许多事，只要想做，都能做到，该克服的困难，也都能克服，用不着什么钢铁般的意志，更用不着什么技巧或谋略。只要一个人还在朴实而饶有兴趣地生活着，他终究会发现，造物主对世事的安排，都是水到渠成的。

飞翔的蜘蛛

信念是一种无坚不催的力量，当你坚信自己能成功时，你必能成功。

一天，我发现，一只黑蜘蛛在后院的两檐之间结了一张很大的网。难道蜘蛛会飞？要不，从这个檐头到那个檐头，中间有一丈余宽，第一根线是怎么拉过去的？后来，我发现蜘蛛走了许多弯路——从一个檐头起，打结，顺墙而下，一步一步向前爬，小心翼翼，翘起尾部，不让丝沾到地面的沙石或别的物体上，走过空地，再爬上对面的檐头，高度差不多了，再把丝收紧，以后也是如此。

蜘蛛不会飞翔，但它能够把网凌结在半空中。它是勤奋、敏感、沉默而坚韧的昆虫，它的网织得精巧而规矩，八卦形地张开，仿佛得到神助。这样的成绩，使人不由想起那些沉默寡言的人和一些深藏不露的智者。于是，我记住了蜘蛛不会飞翔，但它照样把网结在空中。奇迹是执著者造成的。

第10章 其他常用五笔字型输入法

五笔字型是一款深受用户好评的形码汉字输入系统，占据了汉字输入法领域的主导地位。时至今日，五笔输入法家族不断壮大，功能也日益成熟，各种派生的五笔输入程序也比较多，如智能陈桥五笔、极品五笔、万能五笔、极点五笔、网络五笔、五笔加加等。无论是传统输入法还是衍生出的新式输入法，都各具特色，下面我们介绍几种常用的五笔输入法。

10.1 搜狗五笔输入法

搜狗五笔输入法是搜狐公司继搜狗拼音输入法后，推出的一款针对五笔用户的输入法产品。搜狗五笔输入法在继承传统五笔输入法优势的基础上，融合了搜狗拼音输入法在高级设置、易用性设计等特点，将网络账户、皮肤等功能引入至五笔输入法，使得搜狗五笔输入法在输入流畅度及产品外观上达到了完美的结合。

1. 启动搜狗五笔输入法

搜狗五笔输入法是一款免费软件，用户可以从百度等搜索引擎上查找，然后下载并安装。

安装完毕后，在输入法选择栏中，可以看到有"搜狗五笔输入法"，单击即可启动该输入法，如图10-1所示。

图 10-1 启动搜狗五笔输入法

2. 搜狗五笔输入法界面

启动搜狗五笔输入法后，在屏幕上将弹出该输入法状态栏，如图10-2所示。

图 10-2 搜狗五笔输入法状态栏

状态栏上的按钮分别代表"输入状态"、"全角/半角符号"、"中文/英文标点"、"软键盘"、"通行证"、"设置菜单"。

3. 输入汉字

在编辑窗口，选择好搜狗五笔输入法后，我们就可以按照五笔字型输入法编码规则输入汉字，如图 10-3 所示。

图 10-3　输入汉字

搜狗输入法的输入窗口很简洁，上面的一排是所输入的五笔编码，下一排就是候选字。输入所需的候选字对应的数字，即可输入该词。第一个词默认是红色的，直接敲下空格即可输入第一个词。

4. 中/英文切换输入

用鼠标单击状态栏上面的"输入状态"按钮，可以进行中/英文切换，如图 10-4 所示。

图 10-4　中/英文切换

另外，输入法默认按"Shift"键切换到英文输入状态，再按一下"Shift"键返回中文状态。

　　　中英文切换键、翻页键和其他快捷键的设置，可以在"搜狗五笔输入法设置"对话框中的"快捷键"选项卡中进行修改。

5. 修改候选词个数

系统默认在输入状态栏中显示的候选词为 5 个，用户也可以根据自己的使用习惯进行设置，设置范围为 3~9 个。如图 10-5 所示为设置为 9 个候选词后的效果。
设置候选词个数的具体方法为：
（1）单击输入法状态栏上的"设置菜单"按钮，如图 10-6 所示。
（2）在弹出的菜单中，选择"设置属性"命令，将弹出"搜狗五笔输入法设置"对话框。

图 10-5　修改候选词个数

（3）在该对话框中，选择"外观"选项卡，单击"候选项数"下拉列表，从中选择需要的个数。

（4）单击"应用"按钮后，再单击"确定"按钮。

图 10-6　"搜狗五笔输入法设置"对话框中的"外观"选项卡

提示

　　输入法默认的是 5 个候选词，五笔的重码率本身很低，且搜狗五笔对候选项的排序进行了特殊的优化。如果候选词太多会造成查找时的困难，导致输入效率下降。因此，推荐选用默认的 5 个候选词。

6. 修改外观

在搜狗输入法中，我们可以修改输入框的样式和外观，如图 10-7 所示为修改前后对比。

图10-7 修改外观

修改输入框外观的具体方法为：

（1）单击输入法状态栏上的"设置菜单"按钮。

（2）在弹出菜单中，选择"设置属性"命令。

（3）在"搜狗五笔输入法设置"对话框中，选择"外观"选项卡，如图10-8所示。

图10-8 "外观"选项卡

（4）在"输入框样式"中，选中"在不同的窗口中显示输入串和候选词"，还可以根据自己的习惯，选择"横排显示"或"竖排显示"。

（5）在"输入框外观"中，选中"使用皮肤"，并在下拉列表中选择某一选项，在此还可以设置"输入串颜色"、"第一候选项颜色"、"非第一候选项颜色"等。

（6）在提示区，可以预览设置效果。

（7）设置完毕后单击"应用"按钮，再单击"确定"按钮。

7. 快速输入网址

搜狗五笔输入法具有多种方便的网址输入模式。用户在中文输入状态下，就可以输入几乎所有的网址。

使用方法为：输入以 www. http: ftp:等开头的网址时，系统自动识别进入英文输入状态，后面可以输入例如 www.sogou.com、http://www.163.com、ftp://sogou.com 等类型的网址，如图 10-9 所示。

图 10-9　快速输入网址

提示

　　在输入网址或邮箱的过程中，如果输入了 4 个编码，遇到 4 码自动上屏，或 4 码自动取消，或 4 码截止上屏的情况，则说明此时的汉字输入功能优先，而网址以及邮箱功能不生效。

8. 使用自定义短语

自定义短语是通过特定字符串来输入自定义好的文本。具体设置方法为：

（1）单击输入法状态栏上的"设置菜单"按钮。

（2）在弹出的菜单中，选择"设置属性"命令，将弹出"搜狗五笔输入法设置"对话框。

（3）在该对话框中，选择"高级"选项卡，如图 10-10 所示，单击"自定义短语设置"按钮。

（4）在弹出的"自定义短语设置"对话框中，单击"添加新定义"按钮，将继续弹出"添加自定义短语"对话框，如图 10-11 所示。

（5）在"缩写"中输入一个字符串，即为需要设置的编码。在"该条短语在候选项中的位置"中，选择候选位置，默认为 1。在编辑区，输入需要定义的文字内容。最后，单击"确定添加"按钮。

图 10-10　"高级"选项卡

图 10-11　"添加自定义短语"对话框

设置完毕后，当我们在文本编辑状态下，输入定义好的编码时，将会自动显示我们设置好的短语，如图 10-12 所示。

图 10-12　使用自定义短语

设置自己常用的自定义短语可以提高输入效率。例如,使用 yx,1=wangshi@sogou.com,当输入 yx 并按下空格后,就输入了 wangshi@sogou.com。又如,使用 sfz,1=130123456789,当输入 sfz 并按下空格,就可以输入 130123456789。用户还可以添加、删除、修改自定义短语。另外,自定义短语还支持多行、空格以及指定位置。

9. 设置输入模式

考虑到五笔入门难度较高,为了满足不同用户的需求,系统提供了 3 种输入模式:

(1)纯五笔:此模式下输入法只识别五笔编码,重码较少,适合五笔熟手使用。

(2)五笔拼音混输:输入法既可以识别五笔编码,也可以识别拼音。适合对五笔不熟练的初学者使用。输入法默认的模式。

(3)纯拼音:此模式下输入法只识别拼音,适合临时需要拼音输入的用户。

用户通过单击输入状态栏中的"设置菜单"按钮,在弹出菜单中可以进行快速设置,如图 10-13 所示。

图 10-13　设置输入模式

图 10-14　"常规"选项卡

另外,也可以在"搜狗五笔输入法设置"的"常规"选项卡中,对每个输入模式进行详细设置,如图 10-14 所示。

(1)五笔拼音混合输入的设置

若选中"拼音提示五笔编码",则输入拼音时,候选项中提示该字词的五笔编码。

若选中"编码逐渐提示",则每输入一个字符时都给出相应字词的五笔编码。

若选中"四码唯一时自动上屏",则当输入的 4 个编码只有一个候选项时自动上屏。

在"混输词频调整"中,可以选择五笔拼音混输模式下的调频方式。

（2）纯五笔输入的设置

若选中"编码逐键提示"，则每输入一个编码都对候选字的完整编码进行提示。

若选中"四码唯一时自动上屏"，则当输入一个全码且没有重码时，该字自动上屏，不需再按空格。

若选中"空码时取消输入"，当输入一个全码，而这个全码没有字词与之对应，自动取消输入。

若选中"误码时发出报警音"，当输入一个错误的编码时，将发生提示音进行提醒。

若选中"单字输入模式"，则候选项中只列出单字。

在"五笔词频调整"中，可以设置纯五笔输入模式下的调频方式。

（3）纯拼音输入的设置

纯拼音模式下，可以进行拼音词频调整，选择是否"按近期输入排序"或"固定次序"。

 使用搜狗五笔输入法输入下面的短文，可反复输入练习。

丰富的"网上生活"

眼下，没有哪个词汇比"上网"更时髦了。我们所说的"上网"，是指通过计算机拨号的方式登录"因特网"，寻找自己要找的信息。那么，"上网"之后到底能够做哪些事情呢？

网上邮寄：通过网络，只需轻轻按一下鼠标，所发邮件瞬间就可以传给对方。方便快捷自不必说，其费用也相当低廉，不足现行普通邮政信函的10%。

网上阅读：网络就像一个庞大的图书馆，资料相当丰富，几乎无所不有，如今许多报刊也都已"上网"，信息非常快捷，可供你尽情阅读。

网上教学：网络上有许多网站，提供24小时教学，可以满足不同文化层次的人学习。

网上炒股：在网上可以看到股市行情以及各种股票的K线图，还可以通过键盘操作买卖股票。

网上游戏：网上有许多趣味性很强的游戏，你可以自己玩，也可以和其他网上的人一起玩。

网上聊天：在网上你可以和上网的任何人聊天，不必考虑对方的身份和职业。

网上医疗：患病后，你可以在网上寻医问药，也可以获取大量的有关健康保健方面的知识。

网上购物：网上有许多服装、家用电器、日用百货等商品信息，你可以在网上选购所需要的物品，比逛商店还要过瘾。

总之，我们已经进入了信息时代，在网上漫游正在成为人们全新的生活方式，用一些人的话来说，"上网"之后能够做你要做的任何事情。

10.2 智能陈桥五笔输入法

由陈桥工作室制作的智能五笔输入法，把传统的五笔字型和智能化的输入技术结合起来，增加了笔画输入，具有智能提示、语句输入、语句提示及简化输入、智能选词等多项非常实用的独特技术，支持繁体汉字输出、各种符号输出、大五码汉字输出，内含丰富的词库和强大的词库管理功能，灵活强大的参数设置功能，可实现字、词、句混合输入，从而使五笔字型的使用性能大大提高了。下面以智能陈桥五笔 6.6 输入法为例，介绍其使用方法。

10.2.1 安装及界面

1. 下载和安装

用户可通过陈桥网站下载智能陈桥五笔输入法的注册版来安装使用。方法如下：

（1）进入智能五笔的主页 http://www.znwb.com，如图 10-15 所示。用鼠标单击下载智能五笔软件的链接，出现提示后，将文件保存到本地机中。

图 10-15　下载智能五笔输入法

（2）执行下载后的安装程序，如图 10-16 所示，单击"确定安装"按钮。

图 10-16　安装智能五笔输入法

（3）输入用户编号，或者输入试用编号，再次单击"确定安装"按钮。

（4）选择安装路径，继续单击"确定安装"按钮，安装程序会很快把智能五笔安装到用户的计算机上。

2. 启动智能五笔

安装完毕后，单击输入法图标 ，如图 10-17 所示，输入法中多了一项"智能陈桥输入平台 6.6"，选中后，即可将输入法切换到智能五笔输入法状态。

图 10-17 选择智能陈桥输入法

智能五笔的初始窗口如图 10-18 所示。

图 10-18 智能五笔初始窗口

（1）名称区

显示当前所使用汉字输入法的名称，系统默认为"智能五笔"。当选择了其他输入法时，该区将显示所选择的输入法名称。用鼠标单击"智能五笔"时，系统将在"陈桥拼音"和"智能五笔"二者之间互相转换。

（2）全角/半角状态区

用于当前系统输入法的全角或半角状态的设置和显示。用鼠标单击 ● 时，系统将在"全角" ● 和"半角" ◗ 之间互相转换。

（3）智能键盘区

用于智能键盘的切换。用鼠标单击 ⌨ 时，系统将打开智能键盘，从中可以输入一些特殊符号等。

（4）输入信息区

用于输入键码及各种提示信息的显示。如输入键码的显示，汉字简码的提示，输入速度的提示，常用操作的提示等。

（5）功能快捷操作区

为了方便某些常用功能的快捷操作，智能陈桥将一些常用的功能以图标的形式放到了这个区域。例如，图标 ● 表示增加词组，图标 ⊟ 表示保密开关。

（6）输出信息区

输出信息区主要用于操作结果输出信息的显示，如输出汉字的显示，语句提示的显示等。

3. 参数设置

智能五笔的窗口类型是可以设置的，在窗口任意位置单击鼠标右键，如图 10-19 所示，在弹出的快捷菜单中选择"参数设置"命令，将弹出"参数设置"对话框。

图 10-19　参数设置

在"参数设置"对话框中提供了很多参数，例如，"基本设置"选项卡中的"提示信息"和"外码提示"，以及"智能选词"方式对初学者十分适用。下面仅介绍几个常用的功能设置。

（1）设置窗口类型

在"参数设置"对话框的"窗口设置"选项卡中，默认情况下是"双行"，用户可以把它设置成"单行"。设置成单行后的窗口如图 10-20 所示。

图 10-20　单行窗口

（2）提示信息

选中"提示信息"复选框，在输入的同时向用户提示词组、简码、输入速度等帮助学习的信息。

（3）外码提示

选中"外码提示"复选框，并在"词组设置"选项卡中选中"智能方式"，也可以在输入的同时帮助用户养成良好的输入习惯，提高输入速度。

（4）快速切换全角/半角

选中"在全角下输入半角数字字母"、"在半角下输入全角标点符号"，可以省去用快捷键在全角/半角之间来回切换的麻烦。

10.2.2 使用方法

如果您是一个五笔高手，使用智能五笔会很快上手，再加上下面对智能五笔强大的智能化功能介绍，更会使您感到如虎添翼，大大提升输入效率。

1. 智能转换键

智能五笔设置了一个具有强大功能的智能转换键——分号。在智能五笔输入状态下，按一下分号后，分别进行如下操作：

- 再按一下分号";"键，输出分号。也就是说在智能五笔中分号的输入是通过双击键盘上的分号键实现的。
- 再按一下单引号"'"键，则进入数字及短文输入状态，如图10-21所示。

图 10-21　数字及短文输入状态

- 按下"/"键，将打开智能五笔输入特殊符号的功能，如图10-22所示。

图 10-22　输入特殊符号

2. 智能输入语句

智能五笔的另一个特色就是提供了智能输入语句功能。采用智能输入语句的前提是该语句已在智能五笔中输入过了，因为这样智能五笔就会自动记录下用户的输入习惯，在下次输入同一语句时，就可以按照编码规则去实现智能化。编码规则是：

";"键 + 语句每一个字的第一码 + 空格键

例如，已经在智能五笔中输入"洪恩在线"四个字，编码应是"iaw ldn d xg"，而下次输入时，只需输入";ILDX"，再按一下空格键就可以，如图10-23所示。

图 10-23　智能输入语句

智能陈桥语句输入具有简化输入功能，即当以智能语句输入时打入三码或三码以上时，提示行将显示近期输入的与所键入编码相对应的语句。如该语句正是需要的，则可输入句号键。如果只需要该语句其中的前一部分，则可输入逗号键（或 Z 键）来调整输出长度，即每输入一个逗号键会增加一个字的长度，最后以空格键输出。

3. Z 键的应用

由于五笔字型的编码键只有 25 个，而标准键盘有 26 个字母键，字母键 Z 没有被列入编码键。因此，五笔字型就把未用的 Z 键定义为学习键。智能五笔输入法的 Z 键有 5 种功能：

（1）在输入汉字单字中，可用学习键来代替该汉字编码中的任一个忘记的编码。比如要输入"邢"字，我们只知道"GA"两个编码，这时可以输入"GAZ"，如图 10-24 所示，智能五笔会把符合条件的字都列出来，再按一下数字键 6 就可以。

图 10-24 Z 键的使用

（2）在输入词组中，可用学习键来代替该词组后三个编码中任何一个忘记的编码。

（3）在智能语句输入中，可用学习键来代替所输入语句第三个编码以后任一个忘记的编码。

（4）学习键＋空格键可以重复输入刚输出的字或词。

（5）四码全为学习键，可输出词库难字表中存放的不易记住编码的汉字：连按四下 Z 键，如图 10-25 所示，输出区中列出了不易记住的字，按"Shift+>"键可以翻页查找。

图 10-25   四码全为学习键

4. 快捷增加词组

智能五笔还具有在输入过程中快捷增加词组的功能。操作规则为：

分号键+数字键（1-6）

数字键为 1：增加复制到 Windows 剪贴板中的词组；
数字键为 2：增加刚输入的最后两个字组成的词组；
数字键为 3：增加刚输入的最后三个字组成的词组；
数字键为 4：增加刚输入的最后四个字组成的词组；
数字键为 5：增加刚输入的最后五个字组成的词组；
数字键为 6：增加刚输入的最后六个字组成的词组。

例如，要向词库中添加"管理权"这个词组，在输入完"经营管理权"这 5 个字组成的词组后，再按一下"；"和"3"字键，将弹出增加词组窗口，如图 10-26 所示，在"你确定要增加下面的词组吗"栏中出现了要添加的词组，单击"确定"按钮，该词组就被添加到词库中。

图 10-26   快捷增加词组

5. 屏幕取词

还可以进行屏幕取词。方法是：

（1）用鼠标选中屏幕上要添加的词组。

（2）单击输入法窗口右上角的⚫按钮，将弹出如图 10-27 所示添加词库窗口。

（3）单击"确定"按钮即可。

图 10-27　通过屏幕取词添加词组

10.2.3　陈桥拼音输入

智能陈桥内置了拼音输入法，该拼音输入法支持全拼和双拼键盘，可实行字、词、语句的混合输入，是一个非常实用的拼音输入法。它可作为五笔输入的辅助输入手段，也可单独作为拼音输入法来使用。全拼输入和双拼输入的操作方法基本上是一样的，下面仅对全拼操作做简单介绍。

1. 用拼音输入单字

智能陈桥的陈桥拼音可采取两种方式来输入单个汉字，这两种方式分别是：

（1）输入该汉字的拼音码，再进行翻页选取。

例如，当需输入"智"字时，则输入该汉字的拼音码 zhi，再通过翻页看到该汉字，如图 10-28 所示，通过数字键选择就可输出该汉字。选择输出后，当再次输入该汉字时，它就排在了第一位。

图 10-28　输入汉字的拼音码

（2）输入含有该汉字的词组，再使用选取键进行选取。选取键定义为："["选取词组中的第一字，"]"选取词组中的最后一字，"'"（位于分号键旁边的引号键）选取词组中的第二字。

例如，当要输入"智"字时，可输入 caizhi，当"才智"位于第一位时，就可用"]"来选取输出"智"字，如图 10-29 所示。

图 10-29　输入词组后用选取键取字

2. 用拼音输入词组

陈桥拼音的词组输入非常灵活，可采取多种方式来输入。

（1）输入词组的拼音码，再进行选择输出。

例如，当需要输入词组"五笔"时，可输入其拼音码 wubi，即可在提示行中选择输出，如图 10-30 所示。

陈桥拼音● wu'bi_   互人   🔍词🗔淘
1:无比 2:五笔 3:舞弊 4:务必 5:无 6:午 7:五 8:吴

图 10-30　输入词组的拼音码

（2）输入词组某一字或多字的拼音码和其他汉字的声母码，再进行选择输出。

例如，当需要输入词组"五笔"时，输入该词组汉字的拼音和声母 wub 或 wbi，就可在提示行中选取输出，如图 10-31 所示。

陈桥拼音● w'bi_   互人   🔍词🗔淘
1:威逼 2:未必 3:无比 4:五笔 5:完毕 6:外币 7:舞弊 8:务必

图 10-31　拼音码和声母混合输入

又如，当需要输入词组"计算机"，输入该词组汉字的拼音和声母 jisj 或 jsji 或 jsuanj 或 jisji，就可在提示行中选择输出。

（3）输入词组各汉字的声母码，再进行选择输出。

例如，当需要输入词组"教师节"，输入该词组的声母 jsj，则就可在提示行中选择输出，如图 10-32 所示。

陈桥拼音● j's'j_   互人   🔍词🗔淘
1:脚手架 2:教师节 3:救生圈 4:鉴赏家 5:军事家 6:挤时间 7:记时计

图 10-32　声母输入词组

（4）对某些字词同码的词组，采取分号作为拼音分隔符输入。

例如，当需要输入词组"西安"，可采用分隔符来输入 xi;an，然后在提示行中选择输出。当需要输入词组"天安门"时，可采用分隔符来输入 t;am。

3. 拼音下的语句输入

在陈桥拼音状态下也能进行语句输入，其规则与词组输入规则基本相同。语句输入编码规则：语句中每一汉字的声母（第一码）或声韵母，用分号键作分音符来分隔声韵母。可输出 30 个字母以内的声母或声韵母组成的语句。

（1）语句输入中的修改规则

用向前方向键（←）和向后方向键（→）调整要修改的位置，用向上方向键（↑）或向下方向键（↓）进入修改状态或退出修改状态，用翻页键和数字键进行修改。

（2）修改方法与技巧

一次性将全句输入完毕后，再由前向后进行修改，修改完毕后用空格输出。

（3）语句输入中的简化操作

当在输入某一语句编码的前一部分编码时，所希望输入的语句已经在提示行中用两种颜色进行了显示，这时可用逗号键来增加输出语句的长度，再按空格键来输出语句。或用句号键来取全句，再按空格键来输出语句。另外，陈桥拼音还规定用 u 代替"的"的拼音，用 i 代替"是"的拼音，用 v 代替标点符号。

4. 用拼音反查汉字的五笔编码

陈桥拼音作为智能五笔辅助输入的一个最大的特点，就是在输出单汉字的同时可得到该汉字的五笔编码，这对许多初学五笔的用户来说是一项非常有用的功能。具体操作如下：

（1）用鼠标右击智能陈桥状态提示窗口，在弹出菜单中选择"参数设置"命令，在"参数设置"对话框的"输出设置"选项卡中，将"拼音输出时提示五笔编码"参数项设置为选中状态，如图 10-33 所示。

图 10-33　"输出设置"选项卡

（2）通过 Ctrl 键转换到拼音状态下，用拼音输出单汉字的方法输出要查看编码的汉字。

（3）在输出该汉字的同时，智能陈桥系统会在提示窗口中显示该汉字的五笔编码。

例如，在五笔输入中当需要输入"舞"字时，却不知该汉字的五笔编码，可转换到陈桥拼音状态下，输入拼音编码 wu，就可选择输出"舞"字，在输出该汉字的同时，就会在状态提示窗口中给出提示："舞"字的五笔编码为：rlg，如图 10-34 所示。这样，就知道"舞"字的五笔编码为 rlg，可通过转换键再转换回五笔状态，继续用五笔输入。

图 10-34　反查汉字的五笔编码

使用智能陈桥五笔输入法输入下面的短文，可反复练习。

我们需要家

　　我们需要家，首先因为家是我们人生的小船在波涛汹涌的大海里航行的最后避风港。这里的大多数事情是可以预期的，于是带来安全感。

　　其次，自从我们进入"现代"以后，我们每个人的生活经历变得如此千差万别，我们每个人面前都打开了无穷丰富的机遇和选择，我们被抛到这个世界里去独立"选择"。于是没有谁能够理解其他人，没有谁指望他人的理解，除了或许来自同一个"家"的父母兄弟姐妹的理解。

　　最后，我们每一个人都感到需要一面"镜子"，一面可以反映出我们真实自我的镜子。这绝非顾影自怜的需要，而是自我意识之作为"意识"——精神存在——所感受到的非要把自己外化为物质形态的冲动，如同艺术家在雕塑中感受到的成就感，或政治家从大众的景仰中感受到的成就感，或诗人将自己的意念用语言朗读出来时的成就感。这种冲动真可以说是人的创造精神的源泉；精神必须首先将自己置于自己的意识面前加以审视，才称得上是"精神"，这审视便造就了差异——意识与作为意识的审视对象的意识之间的差异。由这种差异生出万千变化，生出大千世界，生出"创化"的人生。

　　在诸种可供我们意识自我实现的社会环境中，"家"是最直接、最方便和最切近自我的社会环境。

10.3　万能五笔输入法

　　万能五笔输入法是一种国内流行的五笔字型输入法，它集中了拼音、英语、笔画、拼音+笔画等多种输入法。而且是一种以优先选择五笔字型高速输入为主的快速输入法。它打破了传统输入法单向编码的历史禁锢，提供了综合解决方案，全面解决中文输入的烦恼，在同一窗口无需作任何的手工切换，从而可以"会五笔打五笔，会拼音打拼音，会英语打英语，五笔、拼音、英语都不会就打笔画，还可拼音加笔画"等。

　　该系统不但自带高达 10 万的大词库，同时还提供了用户自由组合输入法码表的自制功能，有效地提高了输入速度，而且还增加了输入窗口随心所欲换肤功能，使输入界面更华丽更有个性化的风格。

1. 安装和启动

　　该软件完全免费，可到 www.wnwb.com 网站或华军软件园下载并安装。

　　安装完成后，从指示器中选择"万能五笔输入法"，激活该输入法。该输入法的主界面，如图 10-35 所示。

2. 五笔输入

　　按传统的五笔字型编码正常输入即可，如图 10-36 所示。

图 10-35　输入窗口界面

图 10-36　五笔输入

例如：

石【dgtg】　　　　　软【lqw】　　　　　万【dnv】

脑【eyb】　　　　　件【wrh】　　　　　电脑【jney】

万能【dnce】　　　　五笔【ggtt】　　　　计算机【ytsm】

万能五笔【dcgt】　　中国共产党【klai】　　万能五笔输入法【dcgi】

3. 拼音输入

按正常输入即可，无须做任何切换。有词组输词组，有简码输简码，以便更好地提高录入效率，如图 10-37 所示。

图 10-37　拼音输入

4. 英语输入

与其他输入法不同的是万能五笔多元输入法还提供英语输入功能。如果你英语水平不错，可用英语输入，这可在某种程度上提高输入效率。如果英语水平不太理想，本软件可以帮助你学习和运用英语，如图 10-38 所示。

图 10-38　英语输入

在此，可以直接输入英语单词，无需作任何的手工切换，例如：

文件【file】　苹果【apple】　　　电脑【pc、computer】　　　　美丽的【beautiful】

5. 笔画输入

当遇到一些用拼音、五笔或英语不会输入的字，可使用万能码提供的笔画输入功能。这种原始的方法，能保证在整个输入系统里一定能找到所需的汉字。

五种笔画与键位的关系，见表 10-1。

表 10-1　五种笔画与键位的关系

笔　　画	键　　位	备　　注
横 "一"	H	提算横（H）
竖 "丨"	I	
撇 "丿" ·	P	
捺 "丶"	N	点算捺（N）
折 "乙"	V	带转折的笔画全部算折（V）

笔画输入的方法：

（1）按每个字的 "前 4 笔＋末 1 笔" 共 5 笔输入。例如：

会【pnhhn】　　　国【ivhhh】　　　　重【phivh】　　　　要【hivih】

（2）当笔画输入方法不足 5 笔时补加输入字母 "o"。例如：

小【vpno】　　　于【hhvo】　　　　中【ivhio】　　　　见【ivpvo】

使用万能五笔输入法输入下面的短文，可反复练习。

开　封　小　吃

开封，简称汴。现为河南省直辖市，中国七大古都之一，国务院首批命名的历史文化名城。

作为举世闻名的古城，饮食文化也放射出璀璨夺目的光辉。具有鲜明特色的开封珍肴四处传播，成为中国著名的菜系之一豫菜的代表，被誉为 "汴梁风味"。来到了开封，就不能不尝尝这满街的美食。

除传统的正宗大菜豫菜外，风味小吃更是不能不吃。小笼灌汤包子是开封历史悠久的名点之一，它是由北宋时期有名的 "山洞梅花包子" 演变而来，至今已有近千年的历史，以小巧玲珑、皮薄馅多、灌汤流油、鲜香利口而驰名，提起来像灯笼，放下去像菊花。其他风味小吃还有桶子鸡、锅贴、变（汴）鸡蛋等等。每一种小吃都能让你回味无穷，不吃破肚皮决不肯住口。

10.4　极品五笔输入法

极品五笔输入法适用于多种操作系统，通用性能较好，收录词组 52000 余条。另外，极品五笔输入法对最终用户是完全免费的，无须注册。

1. 下载与安装

用户可以从网上搜索下载该软件，下载后双击安装程序，打开安装向导，一直单击"下一步"按钮即可完成安装。

安装完成后，单击输入法指示器，选择"极品五笔输入法 2011"，即可激活该输入法，如图 10-39 所示。

图 10-39　激活极品五笔输入法

极品五笔的使用方法与上述其他五笔大致相同，下面简单介绍其使用技巧。

2. 设置光标跟随状态

我们可以根据需要，取消输入过程中的光标跟随状态。具体方法为：

（1）右键单击右下角的输入法提示图标，在弹出菜单中选择"设置"。

（2）在弹出的"文字服务和输入语言"对话框中，选中"极品五笔输入法"，如图 10-40 所示，再单击"属性"按钮。

（3）在"输入法设置"对话框中将"光标跟随"选项取消，再单击"确定"按钮。这样，汉字提示栏将以一个长条状显示在屏幕的最下边，而不影响汉字的录入。

图 10-40　设置光标跟随状态

3. 输入法的缺省设置

固定使用极品五笔输入法的人，希望一开机极品五笔输入法就自动激活。实现方法为：

（1）右键单击输入法提示图标，在快捷菜单中选择"设置"，将弹出"文字服务和输入语言"对话框。

（2）在"默认输入语言"项中，选中"极品五笔 2011"，如图 10-41 所示。

（3）单击"应用"按钮。

图 10-41　设置缺省输入法

4. 巧用极品五笔输入生僻字

极品五笔重码少、速度快。但有些 GBK 汉字它并不能输入。下述的方法让你使用极品五笔时，照样也能输入你常用的 GBK 汉字。

例如，我们要输入"囮"字，方法为：

（1）先使用某种能够输入 GBK 汉字的输入法，打出"囮"字，并复制到剪贴板。

（2）切换到极品五笔，右键单击输入法状态条，选择"手工造词"。

（3）在"手工造词"对话框中，将"囮"字粘贴到"词语"中，如图 10-42 所示。

（4）在"外码"中输入该字的编码"lxwi"，单击"添加"按钮。此时，该字及其编码出现在"词语列表"框中，单击"关闭"按钮。

图 10-42　手工造词

之后，在极品五笔输入状态下，直接输入"lxwi"就可录入"囮"字了，如图 10-43 所示。重复上述步骤可把常用的 GBK 汉字变成极品五笔的词组，以后再需要这些生僻字时，就可直接用极品五笔输入了。

图 10-43　使用手工造词

5. 用全拼输入法反查极品五笔单字的编码

在使用极品五笔输入汉字的过程中，如果遇到不会输入的汉字，我们可以使用下面的方法，用全拼输入法反查极品五笔编码。设置及使用方法如下：

（1）激活全拼输入法，用鼠标右键单击全拼输入法状态条左边图标，在快捷菜单中选择"设置"项，如图 10-44 所示。

图 10-44　设置编码查询

（2）在弹出的"输入法设置"对话框中，在"编码查询"中选择"极品五笔"。

（3）单击"确定"按钮。

在以后的使用过程中，如果遇到不会输入的单字时，用全拼输入法输入这个单字，结束时可显示一个编码，如图 10-45 所示，这个绿色的编码就是该字极品五笔的编码。

图 10-45　用全拼输入法反查极品五笔编码

使用极品五笔输入法输入下面的短文，可反复练习。

软件工作者肩负的使命

"以人为本"不是一句空洞的口号，其实实在在的内涵，就是要以服务对象为根本，也就是要想客户之所想，急客户之所需。

作为一名真正献身于软件事业的开发者和研究者，其终极目标应该是让中华民族的每个炎黄子孙，让"地球村"的每个成员，都能轻轻松松地成为自己的客户，都能愉愉快快地享受自己的成果，并让对方受益终身。这才是"以人为本"的量和质的含义。

要在自己的工作中真正体现出这个含义，就必须面向全民族、全人类的每个成员，思考如何给他们提供更简单、更容易、更方便、更快捷的产品，让他们以最低的负荷，获得最高的效益，最终共同进入无须纸笔，能办公、能教学……能写作的崭新时代。这就是软件工作者应当肩负的历史使命。

第 11 章　五笔字型汉字编码快速查询

为了方便读者进行五笔字型练习，下面我们将常用汉字的 86 版五笔字型编码按汉语拼音顺序排列如下。

A

吖 kuh kuhh	癌 ukk ukkm	暧 jep jepc	搐 rujg	敖 gqty	袄 put putd
阿 bs bskg	嗳 kep kepc	瑷 gepc	犴 qtfh	嗷 kgqt	媪 vjl vjlg
啊 kb kbsk	矮 tdtv	安 pv pvf	按 rpv rpvg	廒 ygq ygqt	吞 tdm tdmj
锕 qbs qbsk	蔼 ayj ayjn	桉 spv spvg	案 pvs pvsu	獒 gqtd	傲 wgqt
哎 kaq kaqy	霭 fyjn	氨 rnp rnpv	胺 epv epvg	遨 gqtp	奥 tmo tmod
哀 yeu	艾 aqu	庵 ydjn	暗 ju jujg	熬 gqto	鳌 gqtc
唉 kct kctd	爱 ep epdc	谙 yuj yujg	黯 lfoj	翱 rdfn	澳 itm itmd
埃 fct fctd	砹 daqy	鹌 djng	肮 eym eymn	螯 gqtb	懊 ntm ntmd
挨 rct rctd	隘 buw buwl	鞍 afp afpv	昂 jqb jqbj	鏊 gqtj	鏊 gqtq
锿 qyey	嗌 kuw kuwl	俺 wdjn	盎 mdl mdlf	鳌 gqtg	
捱 rdff	媛 vepc	埯 fdj fdjn	凹 mmgd	廒 ynjq	
皑 rmnn	碍 djg djgf	铵 qpv qpvg	坳 fxl fxln	拗 rxl rxln	

B

八 wty	把 rcn	呗 kmy	版 thgc	膀 eup eupy	宝 pgy pgyu
巴 cnh cnhn	钯 qcn	败 mty	钣 qrc qrcy	蚌 jdh jdhh	饱 qnqn
叭 kwy	靶 afc afcn	拜 rdfh	舨 terc	傍 wup wupy	保 wk wksy
扒 rwy	坝 fmy	稗 trtf	办 lw lwi	谤 yup yupy	鸨 xfq xfqg
吧 kc kcn	爸 wqc wqcb	扳 rrc rrcy	半 uf ufk	蒡 aupy	堡 wksf
岜 mcb	罢 lfc lfcu	班 gyt gytg	伴 wuf wufh	磅 dup dupy	葆 awk awks
芭 ac acb	鲅 qgdc	般 tem temc	扮 rwv rwvn	镑 qup qupy	褓 puws
疤 ucv	霸 faf fafe	般 temc	拌 rufh	勹 qtn	报 rb rbcy
捌 rklj	灞 ifa ifae	颁 wvd wvdm	绊 xuf xufh	包 qn qnv	抱 rqn rqnn
笆 tcb	掰 rwvr	斑 gyg gygg	瓣 ur urcu	孢 bqn bqnn	豹 eeqy
粑 ocn	白 rrr rrrr	搬 rte rtec	邦 dtb dtbh	苞 aqn aqnb	趵 khqy
拔 rdc rdcy	百 dj djf	瘢 utec	帮 dt dtbh	煲 wkso	鲍 qgq qgqn
茇 adc adcu	佰 wdj wdjg	癍 ugy ugyg	梆 sdt sdtb	龅 hwbn	暴 jaw jawi
菝 ard ardc	柏 srg	阪 brcy	浜 irgw	褒 ywk ywke	爆 oja ojai
跋 khdc	捭 rrt rrtf	坂 frc frcy	绑 xdt xdtb	雹 fqn fqnb	陂 bhc bhcy
魃 rqcc	摆 rlf rlfc	板 src srcy	榜 sup supy	鲍 fqn fqnb	卑 rtfj

146

杯 sgi sgiy	蹦 khme	裨 pur purf	便 wgj wgjq	濒 ihim	钹 qdcy
悲 djdn	逼 gklp	跸 khxf	变 yo yocu	豳 eem eemk	铂 qrg
碑 drt drtf	荸 afpb	辟 nku nkuh	缠 xwgq	摈 rpr rprw	舶 ter terg
鹎 rtfg	鼻 thl thlj	弊 umia	遍 ynm ynmp	殡 gqp gqpw	博 fge fgef
北 ux uxn	匕 xtn	碧 grd grdf	辨 uyt uytu	膑 epr eprw	渤 ifp ifpl
贝 mhny	比 xx xxn	箅 tlg tlgj	辩 uyu uyuh	髌 mepw	鹁 fpbg
狈 qtmy	吡 kxx kxxn	蔽 aum aumt	辫 uxu uxuh	鬓 depw	搏 rgef
邶 uxb uxbh	妣 vxx vxxn	壁 nkuf	灬 oyy oyyy	冫 uyg	箔 tir tirf
备 tlf	彼 thc thcy	嬖 nkuv	杓 sqyy	冰 ui uiy	膊 egef
背 uxe uxef	秕 txx txxn	篦 ttlx	彪 hame	兵 rgw rgwu	踣 khuk
钡 qmy	俾 wrt wrtf	薛 ank anku	标 sfi sfiy	丙 gmwi	薄 aig aigf
倍 wuk wukg	笔 tt ttfn	避 nk nkup	飑 mqqn	邴 gmwb	礴 dai daif
悖 nfpb	舭 tex texx	濞 ithj	髟 det	秉 tgv tgvi	跛 khhc
被 puhc	鄙 kfl kflb	臂 nkue	骠 cs csfi	柄 sgm sgmw	簸 tadc
惫 tln tlnu	币 tmh tmhk	髀 merf	膘 esf esfi	炳 ogmw	擘 nkur
焙 ouk oukg	必 nt nte	壁 nkuy	瘭 usf usfi	饼 qnu qnua	檗 nkus
辈 djdl	毕 xxf xxfj	襞 nkue	镖 qsf qsfi	禀 ylki	逋 gehp
碚 duk dukg	闭 uft ufte	边 lp lpv	飙 dddq	并 ua uaj	饰 qdmh
蓓 awuk	庇 yxx yxxv	砭 dtp dtpy	飚 mqo mqoo	病 ugm	哺 jgey
褙 puue	畀 lgj lgjj	笾 tlp tlpu	镳 qyno	摒 rnua	醭 sgoy
鞴 afae	哔 kxxf	编 xyna	表 ge geu	拨 rnt rnty	卜 hhy
鐾 nkuq	毖 xxnt	煸 oyna	婊 vgey	波 ihc ihcy	卟 khy
奔 dfa dfaj	荜 axxf	蝙 jyna	裱 puge	玻 ghc ghcy	补 puh puhy
贲 fam famu	陛 bx bxxf	编 qgya	鳔 qgs qgsi	剥 vijh	哺 kge kgey
锛 qdf qdfa	毙 xxgx	鞭 afw afwq	憋 umin	钵 qsg qsgg	捕 rge rgey
本 sg sgd	狴 qtxf	贬 mtp mtpy	鳖 umig	饽 qnfb	不 gi i
苯 asg asgf	铋 qntt	扁 ynma	别 klj kljh	啵 kih kihc	布 dmh dmhj
畚 cdl cdlf	婢 vrt vrtf	窆 pwtp	蹩 umih	脖 efp efpb	步 hi hir
坌 wvff	庳 yrt yrtf	匾 ayna	瘪 uthx	菠 aih aihc	怖 ndm ndmh
笨 tsg tsgf	敝 umi umit	碥 dyna	宾 pr prgw	播 rtol	钚 qgiy
崩 mee meef	萆 art artf	褊 puya	彬 sse sset	伯 wr wrg	部 uk ukbh
绷 xee xeeg	弼 xdj xdjx	卞 yhu	傧 wpr wprw	孛 fpbf	埠 fwn fwnf
嘣 kme kmee	愎 ntjt	弁 caj	斌 yga ygah	驳 cqq cqqy	瓿 ukg ukgn
甭 gie giej	筚 txxf	忭 nyhy	滨 ipr iprw	帛 rmh rmhj	簿 tig tigf
泵 diu	滗 itt ittn	汴 iyh iyhy	缤 xpr xprw	泊 ir irg	
迸 uap uapk	痹 ulgj	苄 ayh ayhu	槟 spr sprw	勃 fpb fpbl	
髮 fkun	蓖 atl atlx	拚 rca rcah	镔 qpr qprw	亳 ypta	

C

嚓 kpw kpwi	才 ft fte	采 es esu	菜 ae aesu	餐 hq hqce	惨 ncd ncde
擦 rpwi	材 sft sftt	彩 ese eset	蔡 awf awfi	残 gqg gqgt	黪 lfoe
礤 daw dawi	财 mf mftt	睬 hes hesy	参 cd cder	蚕 gdj gdju	灿 om omh
猜 qtge	裁 fay faye	踩 khes	骖 ccd ccde	惭 nl nlrh	粲 hqco

璨 ghq ghqo	汉 icyy	肠 enr enrt	臣 ahn ahnn	鸱 qayg	宠 pdx pdxb
仓 wbb	岔 wvmj	苌 ata atay	忱 np npqn	眵 hqq hqqy	铳 qyc qycq
伧 wwbn	诧 ypta	尝 ipf ipfc	沉 ipm ipmn	答 tck tckf	抽 rm rmg
沧 iwb iwbn	姹 vpt vpta	偿 wi wipc	辰 dfe dfei	嗤 kbhj	瘳 unwe
苍 awb awbb	差 uda udaf	常 ipkh	陈 ba baiy	媸 vbh vbhj	仇 wvn
舱 tew tewb	拆 rry rryy	徜 tim timk	宸 pdfe	痴 utdk	俦 wdtf
藏 adnt	钗 qcy qcyy	嫦 viph	晨 jd jdfe	螭 jybc	帱 mhd mhdf
操 rkk rkks	侪 wyj wyjh	厂 dgt	谌 yadn	魑 rqcc	惆 nmf nmfk
糙 otf otfp	柴 hxs hxsu	场 fnrt	碜 dcd dcde	弛 xb xbn	绸 xmf xmfk
曹 gma gmaj	豺 eef eeft	昶 ynij	闯 ucd	池 ib ibn	畴 ldt ldtf
嘈 kgmj	虿 dnju	惝 nim nimk	榇 sus susy	驰 cbn	愁 tonu
漕 igmj	瘥 uuda	敞 imkt	讖 ywwg	迟 nyp nypi	稠 tmfk
槽 sgmj	觇 hkm hkmq	氅 imkn	柽 scfg	茌 awff	筹 tdtf
艚 tegj	掺 rcd rcde	怅 nta ntay	蛏 jcfg	持 rf rffy	酬 sgyh
螬 jgmj	搀 rqku	畅 jhnr	铛 qiv qivg	匙 jghx	踌 khdf
艹 aghh	婵 vuj vujf	倡 wjjg	撑 rip ripr	墀 fni fnih	雠 wyy wyyy
草 ajj	谗 yqk yqku	阊 qob qobx	瞠 hip hipf	踟 khtk	丑 nfd
册 mm mmgd	孱 nbb nbbb	唱 kjj kjjg	丞 big bigf	篪 trhm	瞅 hto htoy
侧 wmj wmjh	禅 pyuf	抄 rit ritt	成 dn dnnt	尺 nyi	臭 thdu
厕 dmjk	馋 qnqu	怊 nvk nvkg	呈 kg kgf	侈 wqq wqqy	出 bm bmk
恻 nmj nmjh	缠 xyj xyjf	钞 qit qitt	承 bd bdii	齿 hwb hwbj	初 puv puvn
测 imj imjh	蝉 jujf	焯 ohj ohjh	枨 sta stay	耻 bh bhg	樗 sffn
策 tgm tgmi	廛 yjf yjff	超 fhv fhvk	诚 ydn ydnt	豉 gkuc	刍 qvf
岑 mwyn	潺 inbb	巢 vjs vjsu	城 fd fdnt	褫 purm	除 bwt bwty
涔 imw imwn	镡 qsjh	朝 fje fjeg	乘 tux tuxv	彳 ttth	厨 dgkf
噌 kul kulj	蟾 jqd jqdy	嘲 kfj kfje	埕 fkg fkgg	叱 kxn	滁 ibw ibwt
层 nfc nfci	躔 khyf	潮 ifj ifje	铖 qdn qdnt	斥 ryi	锄 qegl
蹭 khuj	产 u ute	吵 ki kitt	惩 tghn	赤 fo fou	蜍 jwt jwty
叉 cyi	谄 yqvg	炒 oi oitt	程 tkgg	饬 qntl	雏 qvw qvwy
杈 scyy	铲 qut qutt	耖 diit	裎 puk pukg	炽 ok okwy	橱 sdgf
插 rtf rtfv	阐 uuj uujf	车 lg lgnh	塍 eudf	翅 fcn fcnd	躇 khaj
馇 qns qnsg	蒇 admt	砗 dlh	酲 sgkg	敕 gkit	蹰 khdf
锸 qtfv	辗 ujfe	扯 rhg	澄 iwgu	啻 upmk	杵 stfh
查 sj sjgf	忏 ntfh	屮 bhk	橙 swgu	傺 wwfi	础 dbm dbmh
茬 adhf	颤 ylkm	彻 tavn	逞 kgp kgpd	瘛 udhn	储 wyf wyfj
茶 aws awsu	羼 nudd	坼 fry fryy	骋 cmg cmgn	充 yc ycqb	楮 sftj
搽 raws	伥 wta wtay	掣 rmhr	秤 tgu tguh	冲 ukh ukhh	楚 ssn ssnh
猹 qts qtsg	昌 jj jjf	撤 ryc ryct	吃 ktn ktnn	忡 nkh nkhh	褚 pufj
槎 suda	娼 vjj vjjg	澈 iyct	哧 kfo kfoy	茺 ayc aycq	亍 fhk
察 pwfi	猖 qtjj	抻 rjh rjhh	蚩 bhgj	春 dwv dwvf	处 th thi
碴 dsj dsjg	菖 ajjf	郴 ssb ssbh		憧 nujf	怵 nsy nsyy
楂 spwi	阊 ujjd	琛 gpw gpws		艟 teuf	绌 xbm xbmh
衩 puc pucy	鲳 qgjj	嗔 kfhw		虫 jhny	搐 ryxl
镲 qpwi	长 ta tayi	尘 iff		崇 mpf mpfi	触 qejy

憨 nss nssh	床 ysi	辶 pyny	灰 awwu	蹴 khyn	皴 cwtc
黼 lfom	创 wbj wbjh	绰 xhj xhjh	枞 sww swwy	汆 tyiu	存 dhb dhbd
蠢 fhfh	怆 nwb nwbn	辍 lccc	葱 aqrn	撺 rpwh	忖 nfy
搋 rrhm	吹 kqw kqwy	龊 hwbh	骢 ctl ctln	镩 qpw qpwh	寸 fghy
揣 rmd rmdj	炊 oqw oqwy	呲 khxn	璁 gtl gtln	蹿 khph	搓 rud ruda
啜 kccc	垂 tga tgaf	疵 uhx uhxv	聪 bukn	窜 pwk pwkh	磋 dud duda
喍 kjb kjbc	陲 btgf	词 yngk	淙 ipfi	篡 thdc	撮 rjb rjbc
踹 khmj	捶 rtgf	祠 pynk	琮 gpf gpfi	爨 wfmo	蹉 khua
巛 vnnn	棰 stg stgf	茈 ahx ahxb	凑 udw udwd	崔 mwyf	嵯 mud muda
川 kthh	槌 swn swnp	茨 auqw	楱 sdwd	催 wmwy	痤 uww uwwf
穿 pwat	锤 qtgf	瓷 uqwn	腠 edw edwd	摧 rmw rmwy	鹾 tdw tdwf
传 wfny	春 dw dwjf	慈 uxxn	辏 ldw ldwd	榱 syk syke	艖 hlqa
舡 tea teag	椿 sdwj	辞 tduh	粗 oe oegg	璀 gmwy	脞 eww ewwf
船 temk	蝽 jdwj	磁 du duxx	徂 tegg	脆 eqd eqdb	厝 daj dajd
遄 mdmp	纯 xgb xgbn	雌 hxw hxwy	殂 gqe gqeg	啐 kyw kywf	挫 rww rwwf
椽 sxe sxey	唇 dfek	鹚 uxxg	促 wkh wkhy	悴 nywf	措 raj rajg
舛 qah qahh	莼 axg axgn	糍 oux ouxx	猝 qtyf	淬 iywf	锉 qww qwwf
喘 kmd kmdj	淳 iybg	此 hx hxn	酢 sgtf	萃 ayw aywf	错 qaj qajg
串 kkh kkhk	鹑 ybq ybqg	次 uqw uqwy	蔟 ayt aytd	毳 tfnn	
钏 qkh	醇 sgyb	刺 gmi gmij	醋 sga sgaj	瘁 uyw uywf	
囱 tlqi	蠢 dwjj	赐 mjq mjqr	簇 tyt tytd	粹 oyw oywf	
疮 uwb uwbv	踔 khhj	从 ww wwy	蹙 dhih	翠 nywf	
窗 pwt pwtq	戳 nwya	匆 qry qryi		村 sf sfy	

D

哒 kdp kdpy	呔 kdyy	戴 falw	旦 jgf	宕 pdf	悼 nhjh
耷 dbf	歹 gqi	黛 wal walo	但 wjg wjgg	砀 dnr dnrt	焘 dtfo
搭 rawk	傣 wdw wdwi	丹 myd	诞 ythp	荡 ain ainr	盗 uqwl
嗒 kawk	代 wa way	单 ujfj	啖 koo kooy	档 si sivg	道 uthp
褡 pua puak	岱 wamj	担 rjg rjgg	弹 xuj xujf	菪 apd apdf	稻 tev tevg
达 dp dpi	甙 aafd	眈 hpq hpqn	惮 nuj nujf	刀 vn vnt	纛 gxf gxfi
妲 vjg vjgg	绐 xck xckg	耽 bpq bpqn	淡 io iooy	叨 kvn	得 bctj
怛 njg njgg	迨 ckp ckpd	郸 ujfb	萏 aqvf	忉 nvn	得 tj tjgf
沓 ijf	带 gkp gkph	聃 bmfg	蛋 nhj nhju	氘 rnj rnjj	锝 qjgf
笪 tjgf	待 tffy	殚 gqu gquf	氮 rno rnoo	导 nf nfu	德 tfl tfln
答 tw twgk	怠 ckn cknu	瘅 uujf	澹 iqdy	岛 qynm	的 r rqyy
瘩 uaw uawk	殆 gqc gqck	箪 tujf	当 iv ivf	倒 wgc wgcj	灯 os osh
靼 afjg	玳 gwa gway	儋 wqd wqdy	裆 puiv	捣 rqym	登 wgku
鞑 afdp	贷 wamu	擔 wqdy	挡 riv rivg	祷 pyd pydf	噔 kwgu
打 rs rsh	埭 fvi fviy	胆 ej ejgg	党 ipk ipkq	蹈 khev	簦 twgu
大 dd dddd	袋 waye	疸 ujg ujgd	谠 yip yipq	到 gc gcfj	蹬 khwu
呆 ks ksu	逮 vip vipi	掸 rujf	凼 ibk		等 tffu

戡 jtga	谛 yuph	雕 mfky	腚 epg epgh	窦 pwfd	怼 cfn cfnu
邓 cb cbh	棣 svi sviy	鲷 qgm qgmk	碇 dpgh	嘟 kftb	碓 dwyg
凳 wgkm	睇 huxt	吊 kmh kmhj	锭 qp qpgh	督 hich	憝 ybtn
嶝 mwgu	缔 xup xuph	钓 qqyy	锭 qpg qpgh	毒 gxgu	镦 qyb qybt
瞪 hwgu	蒂 aup auph	调 ymf ymfk	丢 tfc tfcu	读 yfn yfnd	吨 kgb kgbn
磴 dwgu	碲 duph	掉 rhj rhjh	铥 qtfc	渎 ifnd	敦 ybt ybty
鐙 qwgu	嗲 kwq kwqq	铞 qkmh	东 ai aii	椟 sfn sfnd	墩 fyb fybt
低 wqa wqay	掂 ryh ryhk	爹 wqqq	冬 tuu	牍 thgd	礅 dyb dybt
羝 udq udqy	滇 ifhw	跌 khr khrw	咚 ktuy	犊 trfd	蹲 khuf
堤 fjgh	颠 fhwm	迭 rwp rwpi	氡 mai maiu	黩 lfod	盹 hgb hgbn
嘀 kum kumd	巅 mfh mfhm	垤 fgc fgcf	氡 rntu	髑 mel melj	逛 dnk dnkh
滴 ium iumd	癫 ufhm	瓞 rcyw	鸫 aiq aiqg	独 qtj qtjy	囤 lgb lgbn
镝 qum qumd	典 mawu	谍 yan yans	董 atg atgf	笃 tcf	沌 igb igbn
狄 qtoy	点 hko hkou	喋 kans	懂 nat natf	堵 fft fftj	盾 rfh rfhd
籴 tyo tyou	碘 dma dmaw	堞 fan fans	动 fcl fcln	赌 mftj	砘 dgb dgbn
迪 mp mpd	踮 khyk	揲 rans	冻 uai uaiy	睹 hft hftj	钝 qgbn
敌 tdt tdty	电 jn jnv	叠 cccg	侗 wmgk	芏 aff	顿 gbnm
涤 its itsy	佃 wl wlg	牒 thgs	垌 fmg fmgk	妒 vynt	遁 rfhp
获 aqto	甸 ql qld	碟 dan dans	峒 mmgk	杜 sfg	多 qq qqu
笛 tmf	阽 bhkg	蝶 jan jans	恫 nmg nmgk	肚 efg	咄 kbm kbmh
觌 fnuq	坫 fhkg	踱 khas	栋 sai saiy	度 ya yaci	哆 kqq kqqy
嫡 vum vumd	店 yhk yhkd	鲽 qga qgas	洞 imgk	渡 iya iyac	裰 pucc
氐 qayi	垫 rvyf	丁 sgh	胨 eai eaiy	镀 qya qyac	夺 df dfu
诋 yqay	玷 ghk ghkg	仃 wsh	胴 emg emgk	蠹 gkhj	铎 qcf qcfh
邸 qayb	钿 qlg	叮 ksh	硐 dmg dmgk	端 umd umdj	掇 rcc rccc
坻 fqa fqay	惦 nyh nyhk	玎 gsh	都 ftjb	短 tdg tdgu	踱 khyc
底 yqa yqay	淀 ipgh	疔 usk	兜 qrnq	段 wdmc	朵 ms msu
抵 rqa rqay	奠 usgd	耵 hs hsh	蔸 aqrq	断 on onrh	哚 kms kmsy
柢 sqay	殿 naw nawc	钉 qs qsh	篼 tqrq	缎 xwd xwdc	垛 fms fmsy
砥 dqay	靛 gep geph	耵 bsh	斗 ufk	椴 swd swdc	缍 xtg xtgf
骶 meqy	癜 una unac	酊 sgs sgsh	抖 rufh	煅 owd owdc	躲 tmds
地 f fbn	簟 tsj tsjj	顶 sdm sdmy	钭 quf qufh	锻 qwd qwdc	剁 msj msjh
弟 uxh uxht	刁 ngd	鼎 hnd hndn	陡 bfh bfhy	簖 tonr	沲 itb itbn
帝 up upmh	叼 kng kngg	订 ys ysh	蚪 jufh	堆 fwy fwyg	堕 bdef
娣 vux vuxt	凋 umf umfk	定 pg pghu	豆 gku gkuf	队 bw bwy	舵 tepx
递 uxhp	貂 eev eevk	啶 kpgh	逗 gkup	对 cf cfy	惰 nda ndae
第 tx txht	碉 dmf dmfk			兑 ukqb	跺 khm khms

E

屙 nbs nbsk	娥 vtr vtrt	锇 qtrt	额 ptkm	呃 kdb kdbn	轭 ldb ldbn
讹 ywxn	峨 mtr mtrt	鹅 trng	娿 vbs vbsk	扼 rdb rdbn	垩 gogf
俄 wtr wtrt	莪 atr atrt	蛾 jtr jtrt	厄 dbv	苊 adb adbb	恶 gogn

饿 qnt qntt	遏 jqwp	噩 gkkk	儿 qt qtn	耳 bgh bghg	铒 qbg
谔 ykkn	腭 ekk ekkn	鳄 qgkn	而 dmj dmjj	迩 qip qipi	二 fg fgg
鄂 kkfb	锷 qkkn	恩 ldn ldnu	鸸 dmjg	洱 ibg	佴 wbg
阕 uywu	鹗 kkfg	蒽 aldn	鲕 qgdj	饵 qnbg	贰 afm afmi
萼 akkn	颚 kkfm	摁 rld rldn	尔 qiu	珥 gbg	

F

发 ntc v	方 yy yygn	翡 djdn	封 fffy	芾 agm agmh	拊 rwf rwfy
乏 tpi	邡 ybh	篚 tadd	疯 umq umqi	怫 nxj nxjh	斧 wqr wqrj
伐 wat	坊 fyn	吠 kdy	砜 dmqy	拂 rxjh	俯 wyw wywf
垡 waff	芳 ay ayb	废 ynty	峰 mtd mtdh	服 eb ebcy	釜 wqf wqfu
罚 ly lyjj	枋 syn	沸 ixj ixjh	烽 otd otdh	绂 xdc xdcy	脯 ege egey
阀 uwa uwae	钫 qyn	狒 qtx qtxj	葑 afff	绋 xxj xxjh	辅 lgey
筏 twa twar	防 by byn	肺 egm egmh	锋 qtd qtdh	符 awfu	腑 eyw eywf
法 if ifcy	妨 vy vyn	费 xjm xjmu	蜂 jtd jtdh	俘 web webg	滏 iwq iwqu
砝 dfcy	房 yny ynyv	痱 udjd	酆 dhdb	氟 rnx rnxj	腐 ywfw
珐 gfc gfcy	肪 eyn	镄 qxj qxjm	冯 uc ucg	袚 pydc	黼 oguy
帆 mhmy	鲂 qgyn	分 wv wvb	逢 tdh tdhp	罘 lgi lgiu	阝 bnh
番 tol tolf	仿 wyn	吩 kwv kwvn	缝 xtdp	茯 awd awdu	父 wqu
幡 mhtl	访 yyn	纷 xwv xwvn	讽 ymq ymqy	郛 ebb ebbh	讣 yhy
翻 toln	彷 tyn	芬 awv awvb	唪 kdw kdwh	浮 ieb iebg	付 wfy
藩 aitl	纺 xy xyn	氛 rnw rnwv	凤 mc mci	砩 dxj dxjh	妇 vv vvg
凡 my myi	舫 teyn	玢 gwv gwvn	奉 dwf dwfh	莩 aebf	负 qm qmu
矾 dmy dmyy	放 yt yty	酚 sgw sgwv	俸 wdwh	蚨 jfw jfwy	附 bwf bwfy
钒 qmyy	飞 nui	坟 fy fyy	佛 wxj wxjh	匐 qgk qgkl	咐 kwf kwfy
烦 odm odmy	妃 vnn	汾 iwv iwvn	缶 rmk	桴 seb sebg	阜 wnnf
樊 sqqd	非 djd djdd	棼 ssw sswv	否 gik gikf	涪 iuk iukg	驸 cwf cwfy
蕃 ato atol	啡 kdj kdjd	焚 sso ssou	夫 fw fwi	稃 twf twfu	复 tjt tjtu
燔 oto otol	绯 xdjd	黂 vnuv	呋 kfw kfwy	舭 xjq xjqc	赴 fhh fhhi
繁 txgi	菲 adj adjd	粉 ow owvn	肤 efw efwy	菔 aebc	副 gkl gklj
蹯 khtl	扉 yndd	份 wwvn	趺 khf khfw	袱 puwd	傅 wge wgef
蘩 atxi	蜚 djdj	奋 dlf	麸 gqfw	幅 mhg mhgl	富 pgk pgkl
反 rc rci	霏 fdjd	忿 wvnu	稃 tebg	福 pyg pygl	赋 mga mgah
返 rcp rcpi	鲱 qgdd	偾 wfa wfam	跗 khwf	蜉 jeb jebg	缚 xge xgef
犯 qtb qtbn	肥 ec ecn	愤 nfa nfam	孵 qytb	辐 lgk lgkl	腹 etj etjt
泛 itp itpy	淝 iec iecn	粪 oawu	敷 geht	幞 mho mhoy	鲋 qgw qgwf
饭 qnr qnrc	腓 edjd	鲼 qgfm	弗 xjk	蝠 jgkl	赙 mge mgef
范 aib aibb	匪 adjd	瀵 iol iolw	伏 wdy	黻 oguc	蝮 jtjt
贩 mr mrcy	诽 ydj ydjd	丰 dh dhk	凫 qynm	呒 kfq kfqn	鳆 qgtt
贩 lrc lrcy	悱 ndjd	风 mq mqi	孚 ebf	抚 rfq rfqn	覆 stt sttt
梵 ssm ssmy	斐 djdy	沣 idh idhh	扶 rfw rfwy	甫 geh gehy	馥 tjtt
匚 agn	榧 sadd	枫 smq smqy	芙 afwu	府 ywf ywfi	

G

旮 vjf

淦 iqg

割 pdhj

鲠 qggq

靓 fjgq

鲴 qgld

伽 wlk wlkg

赣 ujt ujtm

搁 rut rutk

工 a aaaa

估 wd wdg

瓜 rcy rcyi

钆 qnn

冈 mqi

歌 sksw

弓 xng xngn

咕 kdg

刮 tdjh

尜 idi idiu

刚 mqj mqjh

阁 utk utkd

公 wc wcu

姑 vd vdg

胍 erc ercy

嘎 kdh kdha

岗 mmqu

革 af afj

功 al aln

孤 br brcy

鸹 tdq tdqg

噶 kaj kajn

纲 xm xmqy

格 st stkg

攻 at aty

鸪 dqyg

呱 krc krcy

尕 eiu

肛 ea eag

格 stk stkg

供 wawy

菇 avd avdf

剐 kmwj

尬 dnw dnwj

缸 rma rmag

鬲 gkmh

肱 edc edcy

菰 abr abry

寡 pde pdev

该 yynw

钢 qmq qmqy

葛 ajq ajqn

宫 pk pkkf

蛄 jdg

卦 ffhy

陔 bynw

罡 lgh lghf

蛤 jw jwgk

恭 awnu

觚 qer qery

诖 yffg

垓 fynw

港 iawn

隔 bgk bgkh

蚣 jwc jwcy

辜 duj

挂 rffg

赅 mynw

杠 sag

嗝 kgkh

躬 tmdx

酤 sgdg

褂 pufh

改 nty

筻 tgjq

塥 fgk fgkh

龚 dxa dxaw

毂 fpl fplc

乖 tfu tfux

丐 ghn ghnv

戆 ujtn

搿 rwgr

觥 qei qeiq

箍 tra trah

拐 rkl rkln

钙 qgh qghn

皋 rdfj

膈 egk egkh

廾 agt agth

箛 trah

怪 nc ncfg

盖 ugl uglf

羔 ugo ugou

镉 qgkh

巩 amy amyy

鹄 meq meqg

关 ud udu

溉 ivc ivcq

高 ym ymkf

骼 met metk

汞 aiu

古 dgh dghg

观 cm cmqn

戤 ecla

槔 srd srdf

哿 lksk

拱 raw rawy

汩 ijg

官 pn pnhn

概 svc svcq

睾 tlff

舸 tes tesk

珙 gaw gawy

诂 ydg

冠 pfqf

干 fggh

膏 ypk ypke

个 wh whj

共 aw awu

谷 wwk wwkf

倌 wpn wpnn

甘 afd

篙 tymk

各 tk tkf

贡 am amu

股 emc emcy

棺 spn spnn

杆 sfh

糕 ougo

屹 jtn jtnn

勾 qci

牯 trdg

鳏 qgli

肝 ef efh

杲 jsu

硌 dtk dtkg

佝 wqk wqkg

骨 me mef

馆 qnp qnpn

坩 fafg

搞 rym rymk

铬 qtk qtkg

沟 iqc iqcy

罟 ldf

管 tp tpnn

泔 iaf iafg

缟 xym xymk

给 xw xwgk

钩 qqc qqcy

钴 qdg

贯 xfm xfmu

苷 aaf aaff

槁 symk

根 sve svey

缑 xwn xwnd

蛊 jlf

惯 nxf nxfm

柑 saf safg

稿 tym tymk

跟 khv khve

篝 tfjf

鹘 tfkg

掼 rxf rxfm

竿 tfj

镐 qym qymk

哏 kve kvey

鞲 afff

鼓 fkuc

涫 ipn ipnn

疳 uaf uafd

藁 ayms

亘 gjg gjgf

岣 mqk mqkg

嘏 dnh dnhc

盥 qgi qgil

酐 sgfh

告 tfkf

茛 vei

狗 qtq qtqk

瞽 fkuh

灌 iak iaky

尴 dnjl

诰 ytfk

莨 ave aveu

苟 aqk

固 ldd

鹳 akkg

秆 tfh

郜 tfkb

更 gjq gjqi

枸 sqk sqkg

故 dty

罐 rmay

赶 fhfk

锆 qtfk

庚 yvw yvwi

笱 tqk tqkf

顾 db dbdm

光 iq iqb

敢 nb nbty

戈 agnt

耕 dif difj

构 sq sqcy

崮 mld mldf

咣 kiq kiqn

感 dgkn

圪 ftn ftnn

赓 yvwm

诟 yrg yrgk

梏 stfk

桄 siqn

澉 inb inbt

纥 xtnn

羹 ugod

购 mqc mqcy

牿 trtk

胱 eiq eiqn

橄 snb snbt

疙 utn utnv

哽 kgj kgjq

垢 fr frgk

雇 ynwy

广 yygt

擀 rfj rfjf

哥 sks sksk

埂 fgj fgjq

够 qkqq

痼 uld uldd

犷 qtyt

旰 jfh

胳 etk etkg

绠 xgj xgjq

媾 vfj vfjf

锢 qldg

逛 qtgp

矸 dfh

袼 putk

耿 bo boy

彀 fpgc

归 jv jvg

绀 xaf xafg

鸽 wgkg

梗 sgjq

遘 fjgp

圭 fff

妫 vyl vyly	轨 lv lvn	刿 mqjh	绲 xjx xjxx	崞 myb mybg	果 js jsi
龟 qjn qjnb	庋 yfc yfci	柜 san sang	辊 lj ljxx	聒 btd btdg	猓 qtjs
规 fwm fwmq	瓯 alv alvv	炅 jou	滚 iuc iuce	锅 qkmw	椁 syb sybg
皈 rrcy	诡 yqd yqdb	贵 khgm	磙 duc duce	蝈 jlg jlgy	蜾 jjs jjsy
闺 uffd	癸 wgd wgdu	桂 sff sffg	鲧 qgti	国 l lgyi	裹 yjse
硅 dff dffg	鬼 rqc rqci	跪 khqb	棍 sjx sjxx	帼 mhl mhly	过 fp fpi
瑰 grq grqc	晷 jthk	鳜 qgdw	呙 kmwu	掴 rlgy	
鲑 qgff	簋 tvel	丨 hhl hhll	埚 fkm fkmw	虢 efhm	
宄 pvb	刿 wfcj	袞 uceu	郭 ybb ybbh	馘 uthg	

H

铪 qwgk	捍 rjf rjfh	颢 jyim	痕 uve uvei	瘊 uwn uwnd	鹕 deq deqg
哈 kwg kwgk	焊 ojf ojfh	灏 ijym	很 tve tvey	篌 twn twnd	槲 sqef
嗨 kitu	菡 abib	诃 ysk yskg	狠 qtv qtve	糇 own ownd	糊 ode odeg
孩 bynw	颔 wynm	呵 ksk kskg	恨 nv nvey	骺 mer merk	蝴 jde jdeg
骸 mey meyw	撖 rnbt	喝 kjq kjqn	亨 ybj	吼 kbn kbnn	醐 sgde
海 itx itxu	憾 ndgn	嗬 kawk	哼 kyb kybh	后 rg rgkd	觳 fpgc
胲 eynw	撼 rdgn	禾 ttt tttt	恒 ngj ngjg	厚 djb djbd	虎 ha hamv
醢 sgdl	翰 fjw fjwn	合 wgk wgkf	桁 stfh	後 txt txty	浒 iytf
亥 yntw	瀚 ifjn	何 wsk wskg	珩 gtf gtfh	逅 rgkp	唬 kham
骇 cynw	夯 dlb	劾 yntl	横 sam samw	候 whn whnd	琥 gha gham
害 pd pdhk	杭 sym symn	和 t tkg	衡 tqdh	堠 fwnd	琥 gham
氦 rnyw	绗 xtfh	河 isk iskg	蘅 atqh	鲎 ipqg	互 gx gxgd
颏 fdmy	航 tey teym	曷 jqwn	轰 lcc lccu	乎 tuh tuhk	户 yne
蚶 jaf jafg	颃 ymdm	阂 uyn uynw	哄 kaw kawy	卢 hav	冱 ugx ugxg
酣 sgaf	沆 iym iymn	核 synw	訇 qyd	呼 kt ktuh	护 ryn rynt
憨 nbtn	蒿 aym aymk	盍 fclf	烘 oaw oawy	忽 qrn qrnu	沪 iyn iynt
鼾 thlf	嚆 kay kayk	荷 awsk	薨 alpx	烀 otu otuh	岵 mdg
邗 fbh	薅 avdf	涸 ild ildg	弘 xcy	轷 ltuh	怙 ndg
含 wynk	蚝 jtf jtfn	盒 wgkl	红 xa xag	唿 kqrn	戽 ynu ynuf
邯 afb afbh	毫 ypt yptn	菏 ais aisk	宏 pdc pdcu	惚 nqr nqrn	祜 pydg
函 bib bibk	嚎 krd krdf	蚵 jsk jskg	闳 udc udci	滹 ihah	笏 tqr tqrr
晗 jwyk	豪 ypeu	颌 wgkm	泓 ixc ixcy	囫 lqr lqre	扈 ynkc
涵 ibi ibib	嚎 kyp kype	貉 eetk	洪 iaw iawy	弧 xrc xrcy	瓠 dfny
焓 owy owyk	壕 fyp fype	阖 ufc ufcl	荭 axa axaf	狐 qtr qtry	鹱 qync
寒 pfj pfju	濠 iyp iype	翮 gkmn	虹 ja jag	胡 de deg	花 awx awxb
韩 fjfh	好 vb vbg	贺 lkm lkmu	鸿 iaqg	壶 fpo fpog	华 wxf wxfj
罕 pwf pwfj	郝 fob fobh	褐 pujn	蕻 adaw	斛 qeu qeuf	哗 kwx kwxf
喊 kdgt	号 kgn kgnb	赫 fof fofo	黉 ipa ipaw	湖 ide ideg	骅 cwx cwxf
汉 ic icy	昊 jgd jgdu	鹤 pwy pwyg	讧 yag	猢 qtde	铧 qwx qwxf
汗 ifh	浩 itfk	壑 hpg hpgf	侯 wnt wntd	葫 adef	滑 ime imeg
旱 jfj	耗 ditn	黑 lfo lfou	喉 kwn kwnd	煳 odeg	猾 qtm qtme
悍 njf njfh	皓 rtfk	嘿 klf klfo	猴 qtw qtwd	瑚 gde gdeg	化 wx wxn

划 aj ajh	幻 xnn	惶 nrgg	晖 jplh	贿 mde mdeg	劐 awyj
画 gl glbj	奂 qmd qmdu	湟 irgg	珲 gpl gplh	彗 dhdv	豁 pdhk
话 ytd ytdg	宦 pah pahh	遑 rgp rgpd	辉 iqpl	晦 jtx jtxu	攉 rfwy
桦 swx swxf	唤 kqm kqmd	煌 or orgg	麾 yssn	秽 tmq tmqy	活 itd itdg
怀 ng ngiy	换 rq rqmd	潢 iam iamw	徽 tmgt	喙 kxe kxey	火 ooo oooo
徊 tlk tlkg	浣 ipfq	璜 gamw	豗 bdan	惠 gjh gjhn	伙 wo woy
淮 iwy iwyg	涣 iqm iqmd	篁 trgf	回 lkd	缋 xkh xkhm	钬 qoy
槐 srq srqc	患 kkhn	蝗 jr jrgg	洄 ilk ilkg	毁 va vamc	夥 jsq jsqq
踝 khjs	焕 oqm oqmd	癀 uam uamw	茴 alkf	慧 dhd dhdn	或 ak akgd
坏 fgi fgiy	逭 pnhp	磺 dam damw	蛔 jlk jlkg	蕙 agj agjn	货 wxmu
欢 cqw cqwy	痪 uqm uqmd	簧 tamw	悔 ntxu	蟪 jgjn	获 aqt aqtd
獾 qtay	鲩 ude udeu	蟥 jam jamw	卉 faj	昏 qajf	祸 pykw
还 gipi	漶 ikkn	鳇 qgr qgrg	汇 ian	荤 aplj	惑 akgn
环 ggi ggiy	鲵 qgp qgpq	恍 niq niqn	会 wf wfcu	婚 vq vqaj	霍 fwyf
郇 qjb qjbh	攌 rlge	晃 ji jiqb	讳 yfnh	阍 uqa uqaj	镬 qawc
洹 igj igjg	肓 ynef	谎 yay yayq	哕 kmq kmqy	浑 ipl iplh	嚯 kfwy
桓 sgjg	荒 aynq	幌 mhjq	浍 iwfc	馄 qnjx	藿 afwy
萑 awyf	慌 nay nayq	灰 do dou	绘 xwf xwfc	魂 fcr fcrc	蠖 jawc
锾 qefc	皇 rgf	诙 ydo ydoy	荟 awfc	珲 ypl yplh	
寰 plg plge	凰 mrg mrgd	咴 kdo kdoy	诲 ytx ytxu	混 ijx ijxx	
缳 xlge	隍 brg brgg	恢 ndo ndoy	恚 ffnu	涽 iley	
鬟 del dele	黄 amwu	挥 rpl rplh	桧 swf swfc	粯 diw diwk	
缓 xef xefc	徨 trg trgg	虺 gqji	烩 owf owfc	锟 qqr qqrn	

J

丌 gjk	屐 ntfc	及 ey eyi	蒺 aut autd	纪 xn xnn	祭 wfi wfiu
讥 ymn	积 tkw tkwy	吉 fk fkf	辑 lkb lkbg	妓 vfc vfcy	蓟 aqgj
击 fmk	笄 tgaj	岌 meyu	瘠 uiw uiwe	忌 nnu	暨 vcag
叽 kmn	基 ad adwf	汲 iey ieyy	蕺 akbt	技 rfcy	跽 khnn
饥 qnm qnmn	绩 xgm xgmy	级 xe xeyy	籍 tdij	芰 afcu	霁 fyj fyjj
乩 hkn hknn	稽 tdnm	即 vcb vcbh	几 mt mtn	际 bf bfiy	鲚 qgyj
圾 fe feyy	畸 trd trdk	极 se seyy	己 nng nngn	剂 yjjh	稷 tlw tlwt
机 sm smn	缉 xkb xkbg	亟 bkc bkcg	虮 jmn	季 tb tbf	鲫 qgvb
玑 gmn	赍 fwwm	佶 wfkg	挤 ryj ryjh	哜 kyj kyjh	冀 uxl uxlw
肌 em emn	畸 lds ldsk	急 qvn qvnu	脊 iwe iwef	既 vca vcaq	髻 defk
芨 aey aeyu	跻 khyj	笈 teyu	掎 rds rdsk	洎 ithg	骥 cux cuxw
矶 dmn	箕 tad tadw	疾 utd utdi	戟 fja fjat	济 iyj iyjh	加 lk lkg
鸡 cqy cqyg	畿 xxa xxal	戢 kbnt	嵴 miw miwe	继 xo xonn	夹 guw guwi
咭 kfkg	稽 tdnj	棘 gmii	麂 ynjm	觊 mnmq	佳 wffg
迹 yop yopi	廗 ydjj	殛 gqb gqbg	彐 vng vngg	偈 wjq wjqn	迦 lkp lkpd
剞 dskj	墼 gjff	集 wys wysu	计 yf yfh	寂 ph phic	枷 slk slkg
唧 kvcb	激 iry iryt	嫉 vut vutd	记 yn ynn	寄 pds pdsk	浃 igu iguw
姬 vah vahh	羁 laf lafc	楫 skb skbg	伎 wfcy	悸 ntb ntbg	珈 glk glkg

家 pe peu	搛 ruvo	毽 tfnp	皎 khuq	讦 yfh	紧 jc jcxi
猳 ulkd	煎 uejo	濺 imgt	僬 wwyo	劫 fcln	堇 akgf
笳 tlkf	缣 xuv xuvo	腱 evfp	鲛 qguq	杰 so sou	谨 yak yakg
袈 lky lkye	蒹 auv auvo	践 khg khgt	蕉 awy awyo	诘 yfk yfkg	锦 qrm qrmh
裌 puwk	鲣 qgjf	鉴 jtyq	礁 dwy dwyo	拮 rfk rfkg	廑 yakg
葭 anhc	鹣 uvog	键 qvfp	鹪 wyog	洁 ifk ifkg	僅 qnag
跏 khlk	鞯 afa afab	僭 waqj	角 qe qej	洁 ifkg	槿 sak sakg
嘉 fkuk	囝 lb lbd	槛 sjt sjtl	佼 wuq wuqy	结 xf xfkg	瑾 gakg
镓 qpe qpey	拣 ranw	箭 tue tuej	傸 watq	桀 qahs	尽 nyu nyuu
岬 mlh	枧 smqn	踺 khvp	挢 rtdj	婕 vgv vgvh	劲 cal caln
郏 guwb	俭 wwgi	江 ia iag	狡 qtu qtuq	捷 rgv rgvh	妗 vwy vwyn
荚 aguw	柬 gli glii	姜 ugv ugvf	绞 xuq xuqy	颉 fkd fkdm	近 rp rpk
恝 dhvn	茧 aju	将 uqf uqfy	饺 qnuq	睫 hgv hgvh	进 fj fjpk
戛 dha dhar	捡 rwgi	茳 aia aiaf	皎 ruq ruqy	截 faw fawy	荩 anyu
铗 qguw	笕 tmqb	浆 uqi uqiu	矫 tdtj	碣 djq djqn	晋 gogj
蛱 jgu jguw	减 udg udgt	豇 gkua	脚 efcb	竭 ujqn	浸 ivp ivpc
颊 guwm	剪 uejv	僵 wgl wglg	铰 quq quqy	鲒 qgfk	烬 ony onyu
甲 lhnh	检 sw swgi	缰 xgl xglg	搅 ripq	羯 udjn	赆 mny mnyu
胛 elh	趼 khga	礓 dgl dglg	湫 itoy	她 vbn	缙 xgoj
贾 smu	睑 hwgi	疆 xfg xfgg	剿 vjsj	姐 veg vegg	禁 ssf ssfi
钾 qlh	硷 dwgi	讲 yfj yfjh	敫 ryty	解 qev qevh	禁 ssfi
瘕 unh unhc	裥 puuj	奖 uqd uqdu	微 try tryt	介 wj wjj	靳 afr afrh
价 wwj wwjh	铜 qujg	桨 uqs uqsu	缴 xry xryt	戒 aak	觐 akgq
驾 lkc lkcf	简 tuj tujf	蒋 auq auqf	叫 kn knhh	芥 awj awjj	噤 kssi
架 lks lksu	谫 yue yuev	耩 diff	峤 mtdj	届 nm nmd	京 yiu
假 wnh wnhc	戬 goga	匠 ar ark	轿 ltd ltdj	界 lwj lwjj	泾 ica icag
假 wnhc	碱 ddg ddgt	降 bt btah	较 lu luqy	疥 uwj uwjk	经 x xcag
嫁 vpe vpey	翦 uejn	泽 ita itah	教 ftbt	诫 yaah	茎 aca acaf
稼 tpe tpey	謇 pfjy	绛 xtah	窖 pwtk	借 waj wajg	荆 aga agaj
戋 gggt	蹇 pfjh	酱 uqsg	酵 sgfb	蚧 jwj jwjh	惊 nyiy
奸 vfh	见 mqb	犟 xkjh	噍 kwyo	骱 mew mewj	旌 yttg
尖 id idu	件 wrh wrhh	糨 ox oxkj	醮 sgwo	藉 adi adij	菁 agef
坚 jcf jcff	建 vfhp	尢 avb	阶 bwj bwjh	巾 mhk	晶 jjj jjjf
歼 gqt gqtf	饯 qngt	交 uq uqu	疖 ubk	今 wynb	腈 egeg
间 uj ujd	剑 wgi wgij	郊 uqb uqbh	皆 xxr xxrf	斤 rtt rtth	睛 hg hgeg
肩 yned	毽 war warh	姣 vuq vuqy	接 ruv ruvg	钅 qtgn	粳 ogj ogjq
艰 cv cvey	荐 adh adhb	娇 vtdj	秸 tfkg	金 qqqq	兢 dqd dqdq
兼 uvo uvou	贱 mgt	浇 iat iatq	嗟 kxxr	津 ivfh	精 oge ogeg
监 jtyl	健 wvf wvfp	茭 auqu	嗟 kuda	矜 cbtn	鲸 qgy qgyi
笺 tgr	涧 iujg	骄 ctdj	揭 rjq rjqn	衿 puwn	井 fjk
菅 apnn	舰 temq	胶 eu euqy	街 tffh	筋 telb	阱 bfj bfjh
湔 iue iuej	渐 il ilrh	椒 shi shic	卩 bnh	襟 pus pusi	到 cajh
鞬 trv trvp	谏 ygl ygli	焦 wyo wyou	孑 bnhg	仅 wcy	肼 efj efjh
缄 xdg xdgt	楗 svfp	蛟 juq juqy	节 ab abj	睯 bigb	颈 cad cadm

景 jy jyiu	究 pwv pwvb	狙 qteg	巨 and	镌 qwye	獗 qtdw
儆 waqt	鸠 vqyg	苴 aeg aegf	讵 yang	蠲 uwlj	蕨 adu aduw
憬 njy njyi	赳 fhnh	驹 cqk cqkg	拒 ran rang	卷 udbb	噱 khae
警 aqky	阄 uqj uqjn	疽 ueg uegd	苣 aan aanf	锩 qudb	橛 sdu sduw
净 uqv uqvh	啾 kto ktoy	掬 rqo rqoy	具 hw hwu	倦 wud wudb	爵 elv elvf
弪 xcag	揪 rto rtoy	椐 snd sndg	炬 oan oang	桊 uds udsu	镢 qduw
径 tca tcag	鬏 deto	琚 gnd gndg	钜 qan qang	狷 qtke	蹶 khdw
迳 cap capd	九 vt vtn	趄 fhe fheg	俱 whwy	绢 xke xkeg	嚼 kel kelf
胫 eca ecag	久 qy qyi	锔 qnnk	倨 wnd wndg	隽 wyeb	矍 hhw hhwc
痉 uca ucad	灸 qyo qyou	裾 pund	剧 ndj ndjh	眷 udhf	燏 oel oelf
竞 ukqb	玖 gqy gqyy	雎 egw egwy	惧 nhw nhwy	鄄 sfb sfbh	攫 rhh rhhc
婧 vge vgeg	韭 djdg	鞠 afq afqo	据 rnd rndg	噘 kdu kduw	军 pl plj
靖 vgeg	酒 isgg	鞫 afqy	距 kha khan	撅 rduw	君 vtkd
竟 ujq ujqb	旧 hj hjg	局 nnk nnkd	锯 trhw	孓 byi	均 fqu fqug
敬 aqk aqkt	臼 vth vthg	桔 sfk sfkg	飓 mqhw	决 un unwy	钧 qqug
靓 gem gemq	咎 thk thkf	菊 aqo aqou	锯 qnd qndg	诀 ynwy	鲪 plh plhc
靖 uge ugeg	疚 uqy uqyi	橘 scbk	窭 pwo pwov	抉 rnwy	菌 alt altu
境 fuj fujq	柩 saqy	咀 keg kegg	聚 bct bcti	珏 ggy ggyy	筠 tfqu
獍 qtuq	柏 svg	沮 ieg iegg	屦 ntov	绝 xqc xqcn	麇 ynjt
静 geq geqh	厩 dvc dvcq	举 iwf iwfh	踞 khnd	觉 ipmq	俊 wcw wcwt
镜 quj qujq	救 fiyt	矩 tda tdan	遽 hae haep	倔 wnb wnbm	郡 vtkb
冂 mhn	就 yi yidn	莒 akkf	瞿 hhwy	崛 mnbm	峻 mcw mcwt
扃 ynmk	舅 vl vllb	榉 siw siwh	醵 sghe	掘 rnbm	捃 rvt rvtk
迥 mkp mkpd	鹫 yidg	榘 tdas	娟 vke vkeg	桷 sqe sqeh	浚 icwt
炯 omk omkg	居 nd ndd	龃 hwbg	捐 rke rkeg	觖 qen qenw	骏 ccw ccwt
窘 pwvk	拘 rqk rqkg	踽 khty	涓 ike ikeg	厥 dubw	竣 ucw ucwt
纠 xnh xnhh		句 qkd	鹃 keq keqg	谲 ycbk	

K

咔 khhy	慨 nvc nvcq	看 rhf	拷 rft rftn	棵 sjs sjsy	克 dq dqb
咖 klk klkg	蒈 axxr	阚 unb unbt	栲 sftn	颏 yntm	刻 ynt yntj
喀 kpt kptk	楷 sx sxxr	瞰 hnb hnbt	烤 oft oftn	稞 tjsy	客 pt ptkf
卡 hhu	楷 sxxr	康 yvi yvii	铐 qftn	窠 pwj pwjs	恪 ntkg
佧 whh whhy	锴 qxx qxxr	慷 nyv nyvi	犒 tryk	颗 jsd jsdm	课 yjs yjsy
胩 ehh ehhy	忾 nrn nrnn	扛 rag	靠 tfkd	瞌 hfcl	氪 rndq
开 ga gak	刊 fjh	亢 ymb	坷 fsk fskg	磕 dfc dfcl	骒 cj cjsy
揩 rxxr	勘 adwl	伉 wymn	苛 as askf	蝌 jtu jtuf	缂 xafh
锎 quga	龛 wgkx	抗 rymn	柯 ssk sskg	髁 mej mejs	嗑 kfcl
凯 mnmn	堪 fad fadn	闶 uymv	珂 gsk gskg	壳 fpm fpmb	溘 ifcl
剀 mnj mnjh	坎 fqw fqwy	炕 oym oymn	科 tu tufh	咳 kynw	锞 qjs qjsy
垲 fmn fmnn	侃 wkq wkqn	钪 qymn	轲 lsk lskg	可 sk skd	肯 he hef
恺 nmn nmnn	砍 dqw dqwy	尻 nvv	疴 uskd	岢 msk mskf	垦 vef veff
铠 qmn qmnn	莰 afqw	考 ftg ftgn	钶 qsk qskg	渴 ijq ijqn	恳 venu

156

啃 khe kheg
筘 trk trkf
删 aeej
邝 ybh
葵 awg awgd
琨 gjx gjxx

裉 puve
蔻 apfl
块 fnw fnwy
圹 fyt
暌 jwgd
锟 qjx qjxx

吭 kym kymn
刳 dfnj
快 nnw nnwy
纩 xyt
魁 rqcf
髡 degq

坑 fym fymn
枯 sd sdg
侩 wwfc
况 ukq ukqn
睽 hwgd
醌 sgjx

铿 qjc qjcf
哭 kkdu
郐 wfcb
旷 jyt
蛵 jdff
鲲 qgjx

空 pw pwaf
堀 fnbm
哙 kwfc
矿 dyt
夔 uht uhtt
悃 nls nlsy

倥 wpwa
窟 pwn pwnm
狯 qtwc
贶 mkq mkqn
傀 wrq wrqc
捆 rls rlsy

崆 mpwa
骷 medg
脍 ewf ewfc
框 sagg
跬 khff
阃 uls ulsi

箜 tpw tpwa
苦 adf
筷 tnn tnnw
眶 hag hagg
匮 akh akhm
困 ls lsi

孔 bnn
库 ylk
宽 pa pamq
亏 fnv
喟 kle kleg
扩 ry ryt

恐 amyn
绔 xdf xdfn
髋 mepq
岿 mjv mjvf
愦 nkhm
括 rtd rtdg

控 rpw rpwa
鲝 iptk
款 ffi ffiw
悝 njfg
愧 nrq nrqc
蛞 jtdg

抠 raq raqy
裤 puy puyl
匡 agd
盔 dol dolf
溃 ikh ikhm
阔 uit uitd

芤 abn abnb
酷 sgtk
诓 yagg
窥 pwfq
蒉 akhm
廓 yyb yybb

眍 haq haqy
夸 dfn dfnb
哐 kag kagg
奎 dfff
馈 qnk qnkm

口 kkkk
侉 wdf wdfn
筐 tag tagf
逵 fwfp
篑 tkhm

叩 kbh
垮 fdfn
狂 qtg qtgg
馗 vuth
聩 bkh bkhm

扣 rk rkg
胯 edf edfn
诳 yqt yqtg
喹 kdf kdff
坤 fjhh

寇 pfqc
跨 khd khdn
夼 dkj
揆 rwgd
昆 jx jxxb

L

垃 fug
癞 ugkm
烂 oufg
醪 sgne
赢 ynky
离 yb ybmc

拉 ru rug
籁 tgkm
滥 ijt ijtl
老 ftx ftxb
耒 dii
莉 atj atjj

啦 kru krug
兰 uff
啷 kyv kyvb
佬 wft wftx
诔 ydiy
骊 cg cgmy

邋 vlq vlqp
岚 mmqu
郎 yvcb
姥 vft vftx
垒 cccf
犁 tjr tjrh

旯 jvb
拦 ruf rufg
狼 qty qtye
栳 sftx
磊 ddd dddf
喱 kdjf

砬 dug
栏 suf sufg
莨 ayv ayve
铑 qftx
蕾 aflf
鹂 gmyg

喇 kgk kgkj
婪 ssv ssvf
廊 yyv yyvb
潦 idui
儡 wll wlll
漓 iybc

剌 gkij
阑 ugli
琅 gyv gyve
涝 iap iapl
肋 el eln
缡 xyb xybc

腊 eaj eajg
蓝 ajt ajtl
榔 syv syvb
烙 otk otkg
泪 ihg
蓠 aybc

瘌 ugkj
谰 yug yugi
稂 tyv tyve
耢 dial
类 od odu
蜊 jtj jtjh

蜡 jaj jajg
澜 iugi
锒 qyve
酪 sgtk
累 lx lxiu
嫠 fit fitv

辣 ugk ugki
褴 pujl
螂 jyv jyvb
仂 wln
酹 sge sgef
璃 gyb gybc

来 go goi
斓 yugi
朗 yvc yvce
乐 qi qii
擂 rfl rflg
鲡 qggy

崃 mgo mgoy
篮 tjtl
阆 uyv uyve
叻 kln
嘞 kaf kafl
黎 tqt tqti

徕 tgo tgoy
镧 qugi
浪 iyv iyve
泐 ibl ibln
塄 sfw sfwt
篱 tyb tybc

涞 igo igoy
览 jtyq
蒗 aiye
勒 afl afln
楞 sl slyn
罹 lnw lnwy

莱 ago agou
揽 rjt rjtq
捞 rap rapl
鳓 qgal
冷 uwyc
藜 atq atqi

铼 qgoy
缆 xjt xjtq
劳 apl aplb
雷 flf
愣 nly nlyn
黧 tqto

赉 gom gomu
榄 sjtq
唠 kap kapl
嫘 vlx vlxi
厘 djfd
蠡 xej xejj

睐 hgo hgoy
漤 issv
崂 map mapl
缧 xlxi
梨 tjs tjsu
礼 pynn

赖 gkim
罱 lfm lfmf
痨 uapl
檑 sfl sflg
狸 qtjf
李 sb sbf

濑 igkm
懒 ngkm
铹 qap qapl
镭 qfl qflg
里 jfd

157

俚 wjf wjfg
哩 kjf kjfg
娌 vjfg
逦 gmyp
理 gj gjfg
锂 qjf qjfg
鲤 qgjf
澧 ima imau
醴 sgmu
鳢 qgmu
力 lt ltn
历 dl dlv
厉 ddn ddnv
立 uu uuuu
吏 gkq gkqi
丽 gmy gmyy
利 tjh
励 ddnl
呖 kdl kdln
坜 fdl fdln
沥 idl idln
苈 adl adlb
例 wgq wgqj
戾 ynd yndi
枥 sdl sdln
疠 udnv
隶 vii
俐 wtj wtjh
俪 wgmy
栎 sqi sqiy
病 udl udlv
荔 all alll
轹 lqi lqiy
郦 gmyb
栗 ssu
猁 qtt qttj
砺 dddn
砾 dqi dqiy
苙 awuf
唳 kynd
笠 tuf
粒 oug
栃 odd oddn
蛎 jdd jddn

傈 wss wssy
痢 utj utjk
詈 lyf
跞 khqi
雳 fdlb
溧 issy
篥 tss tssu
俩 wgmw
奁 daq daqu
连 lpk
帘 pwmh
怜 nwyc
涟 ilp ilpy
莲 alp alpu
联 bu budy
裢 pul pulp
廉 yuvo
鲢 qglp
濂 iyu iyuo
磏 eyu eyuo
镰 qyuo
蠊 jyu jyuo
敛 wgit
琏 glp glpy
脸 ew ewgi
裣 puwi
蔹 awgt
练 xan xanw
奁 yov yovf
炼 oanw
恋 yon yonu
殓 gqw gqwi
链 qlp qlpy
楝 sgl sgli
潋 iwgt
良 yv yvei
凉 uyiy
粱 ivw ivws
椋 syiy
粮 oyv oyve
梁 ivwo
樑 fiv fivs
踉 khye
两 gmww

魉 rqcw
亮 ypm ypmb
谅 yyi yyiy
辆 lgm lgmw
晾 jyiy
量 jg jgjf
辽 bp bpk
疗 ubk
聊 bqt bqtb
僚 wdu wdui
寥 pnw pnwe
廖 ynw ynwe
嘹 kdui
寮 pdu pdui
撩 rdu rdui
缭 xdu xdui
燎 odui
镣 qdu qdui
鹩 dujg
钌 qbh
蓼 anw anwe
了 b bnh
炝 dnq dnqy
料 ou oufh
摞 rlt rltk
唠 kgq kgqj
列 gq gqjh
劣 itl itlb
冽 ugq ugqj
洌 igq igqj
埒 fef fefy
烈 gqjo
捩 rynd
猎 qta qtaj
裂 gqje
趔 fhgj
躐 khvn
鬣 devn
邻 wycb
林 ss ssy
临 jty jtyj
啉 kss kssy
淋 iss issy
琳 gss gssy

粼 oqab
嶙 moq moqh
遴 oqa oqap
辚 lo loqh
霖 fss fssu
磷 hoq hoqh
磷 doq doqh
鳞 qgo qgoh
麟 ynjh
凛 uyl uyli
廪 yyli
懔 nyl nyli
檩 syli
吝 ykf
赁 wtfm
蔺 auw auwy
膦 eoq eoqh
躏 khay
拎 rwyc
伶 wwyc
灵 vo vou
图 lwy lwyc
岭 mwyc
冷 iwyc
苓 awyc
柃 swyc
玲 gwy gwyc
瓴 wycn
凌 ufw ufwt
铃 qwyc
陵 bfw bfwt
绫 xfw xfwt
棂 svo svoy
羚 udwc
翎 wycn
聆 bwyc
菱 afwt
蛉 jwyc
零 fwyc
龄 hwbc
鲮 qgft
酃 fkk fkkb
领 wycm
令 wyc wycu

另 kl klb
呤 kwyc
溜 iqyl
熘 oqyl
刘 yj yjh
浏 iyjh
流 iyc iycq
留 qyvl
琉 gyc gycq
硫 dyc dycq
旒 ytyq
遛 qyvp
馏 qnql
骝 cqyl
榴 sqy sqyl
瘤 uqyl
镏 qqyl
鎏 iycq
柳 sqt sqtb
绺 xth xthk
镏 qycq
六 uy uygy
鹨 nweg
咯 ktk ktkg
咙 kdx kdxn
泷 idx idxn
茏 adx adxb
栊 sdx sdxn
珑 gdx gdxn
胧 edx edxn
砻 dxd dxdf
笼 tdx tdxb
聋 dxb dxbf
隆 btg btgg
癃 ubtg
窿 pwb pwbg
陇 bdx bdxn
垄 dxf dxff
垅 fdxn
拢 rdx rdxn
娄 ov ovf
偻 wov wovg
喽 kov kovg

蒌 aov aovf
楼 sov sovg
耧 dio diov
蝼 jov jovg
髅 meo meov
嵝 mov movg
搂 ro rovg
篓 tov tovf
陋 bgm bgmn
漏 infy
瘘 uov uovd
镂 qov qovg
露 fkhk
噜 kqg kqgj
撸 rqg rqgj
卢 hn hne
庐 yyne
芦 aynr
垆 fhnt
泸 ihn ihnt
炉 oyn oynt
栌 shnt
胪 ehnt
轳 lhnt
鸬 hnq hnqg
舻 teh tehn
颅 hndm
鲈 qghn
卤 hl hlqi
虏 halv
掳 rha rhal
鲁 qgj qgjf
橹 sqg sqgj
镥 qqg qqgj
陆 bfm bfmh
录 vi viu
赂 mtk mtkg
辂 ltkg
渌 ivi iviy
逯 vipi
鹿 ynj ynjx
禄 pyv pyvi
滤 iha ihan
碌 dvi dviy

路 kht khtk	吕 kk kkf	绿 xv xviy	略 ltk ltkg	胳 ekm ekmw	泺 iqi iqiy
漉 iynx	侣 wkk wkkg	氯 rnv rnvi	锊 qef qefy	萝 alq alqu	洛 itk itkg
戮 nwe nwea	旅 ytey	李 yob yobf	抡 rwx rwxn	逻 lqp lqpi	络 xtk xtkg
辘 lyn lynx	稆 tkk tkkg	峦 yom yomj	仑 wxb	椤 slq slqy	荦 apr aprh
潞 ikhk	铝 qkk qkkg	挛 yor yorj	伦 wwxn	锣 qlq qlqy	骆 ctk ctkg
璐 gkhk	屡 no novd	栾 yos yosu	囵 lwxv	箩 tlq tlqu	珞 gtk gtkg
籚 tynx	缕 xov xovg	鸾 yoq yoqg	沦 iwx iwxn	骡 clx clxi	落 ait aitk
鹭 khtg	膂 ytee	脔 yomw	纶 xwx xwxn	镙 qlx qlxi	摞 rlx rlxi
麓 ssyx	褛 puo puov	滦 iyos	轮 lwx lwxn	螺 jlx jlxi	漯 ilx ilxi
氇 tfnj	履 ntt nttt	銮 yoqf	论 ywx ywxn	倮 wjs wjsy	雒 tkwy
驴 cyn cynt	律 tvfh	卵 qyt qyty	捋 refy	裸 pujs	
闾 ukkd	虑 han hani	乱 tdn tdnn	罗 lq lqu	瘰 ulx ulxi	
梠 suk sukk	率 yx yxif	掠 ryiy	椤 qtlq	蠃 ynky	

M

妈 vc vcg	鳗 qgjc	蚝 jcr jcrh	媒 vaf vafs	虻 jyn jynn	麋 ynjo
嬷 vys vysc	满 iagw	锚 qal qalg	嵋 mnh mnhg	萌 aje ajef	靡 yssd
麻 yss yssi	螨 jagw	髦 detn	湄 inh inhg	盟 jel jelf	蘼 aysd
蟆 jajd	曼 jlc jlcu	蝥 cbtj	猸 qtnh	甍 alpn	米 oy oyty
马 cn cnng	谩 yjl yjlc	蟊 cbtj	楣 snh snhg	瞢 alph	芈 gjgh
犸 qtcg	墁 fjl fjlc	卯 qtbh	煤 oa oafs	朦 eap eape	弭 xbg
玛 gcg	幔 mhjc	峁 mqt mqtb	酶 sgtu	檬 sap sape	敉 oty
码 dcg	慢 nj njlc	泖 iqt iqtb	镅 qnh qnhg	礞 dap dape	脒 eoy
蚂 jcg	漫 ijlc	茆 aqtb	鹛 nhq nhqg	艨 teae	眯 ho hoy
杩 scg	缦 xjl xjlc	昴 jqt jqtb	霉 ftxu	勐 bll blln	冖 pyn
骂 kkc kkcf	蔓 ajl ajlc	铆 qqt qqtb	每 txg txgu	猛 qtbl	糸 xiu
唛 kgt kgty	熳 ojl ojlc	茂 adn adnt	美 ugdu	蒙 apg apge	宓 pntr
吗 kcg	镘 qjl qjlc	冒 jhf	浼 iqk iqkq	锰 qbl qblg	泌 int intt
嘛 ky kyss	邙 ynb ynbh	贸 qyv qyvm	镁 qug qugd	艋 tebl	觅 emq emqb
埋 fjf fjfg	忙 nynn	耄 ftxn	妹 vfi vfiy	蜢 jbl jblg	秘 tn tntt
霾 feef	芒 ayn aynb	袤 ycbe	昧 jfi jfiy	懵 nal nalh	密 pnt pntm
买 nudu	盲 ynh ynhf	帽 mhj mhjh	袂 pun punw	蠓 jap jape	幂 pjd pjdh
荬 anud	茫 aiy aiyn	瑁 gjhg	媚 vnh vnhg	孟 blf	谧 yntl
劢 dnl dnln	硭 day dayn	瞀 cbth	寐 pnhi	梦 ssq ssqu	嘧 kpn kpnm
迈 dnp dnpv	莽 ada adaj	貌 eerq	魅 rqci	咪 koy	蜜 pntj
麦 gtu	漭 iada	懋 scbn	门 uyh uyhn	弥 xqi xqiy	宁 pyy pyyn
卖 fnud	蟒 jada	么 tc tcu	扪 run	祢 pyq pyqi	眠 hna hnan
脉 eyni	猫 qtal	没 im imcy	钔 qun	迷 op opi	绵 xr xrmh
颟 agmm	毛 tfn tfnv	枚 sty	闷 uni	猕 qtxi	棉 srm srmh
蛮 yoj yoju	矛 cbt cbtr	玫 gt gty	焖 oun ouny	谜 yopy	免 qkq qkqb
馒 qnjc	牦 trtn	眉 nhd	懑 iagn	醚 sgo sgop	沔 igh ighn
瞒 hagw	茅 acbt	莓 atx atxu	们 wu wun	縻 ysso	黾 kjn kjnb
鞔 afqq	旄 yttn	梅 stx stxu	氓 ynna	糜 yssi	勉 qkql

眄 hgh hghn　妙 vit vitt　敏 txgt　馍 qnad　貊 eed eedj　木 ssss
娩 vqk vqkq　庙 ymd　愍 natn　摹 ajdr　墨 lfof　仫 wtcy
冕 jqkq　乜 nnv　鳘 txgg　模 saj sajd　瘼 uajd　目 hhhh
湎 idm idmd　咩 kud kudh　名 qk qkf　膜 eajd　镆 qajd　沐 isy
缅 xdmd　灭 goi　明 je jeg　麽 yssc　默 lfod　坶 fxg fxgu
腼 edmd　蔑 aldt　鸣 kqy kqyg　摩 yssr　貘 eea eead　牧 trt trty
面 dm dmjd　篾 tldt　茗 aqkf　磨 yssd　糢 diy diyd　苜 ahf
喵 kal kalg　蠛 jal jalt　冥 pju pjuu　蘑 ays aysd　哞 kcr kcrh　钼 qhg
苗 alf　民 n nav　铭 qqk qqkg　魔 yssc　牟 cr crhj　募 ajdl
描 ral ralg　岷 mna mnan　溟 ipju　抹 rgs rgsy　侔 wcr wcrh　墓 ajdf
瞄 hal halg　玟 gyy　暝 jpju　末 gs gsi　眸 hcr hcrh　幕 ajdh
鹋 alqg　苠 ana anab　瞑 hpj hpju　殁 gqmc　谋 yaf yafs　睦 hf hfwf
杪 sit sitt　珉 gna gnan　螟 jpj jpju　沫 igs igsy　鍪 cbtq　慕 ajdn
眇 hit hitt　缗 xna xnaj　酩 sgqk　茉 ags agsu　某 afs afsu　暮 ajdj
秒 ti titt　皿 lhn lhng　命 wgkb　陌 bdj bdjg　母 xgu xgui　穆 tri trie
淼 iiiu　闵 uyi　谬 ynwe　秣 tgs tgsy　毪 tfnh
渺 ihit　抿 rna rnan　缪 xnw xnwe　莫 ajd ajdu　亩 ylf
缈 xhi xhit　泯 ina inan　摸 rajd　寞 paj pajd　牡 trfg
藐 aee aeeq　闽 uji　谟 yaj yajd　漠 iaj iajd　姆 vx vxgu
邈 eerp　悯 nuy nuyy　嫫 vajd　蓦 ajdc　拇 rxg rxgu

N

拿 wgkr　男 ll llb　恼 nyb nybh　霓 fvq fvqb　廿 agh aghg　颞 bccm
镎 qwgr　南 fm fmuf　脑 eyb eybh　鲵 qgvq　念 wynn　蹑 khb khbc
哪 kv kvfb　难 cw cwyg　瑙 gvt gvtq　伲 wnx wnxn　埝 fwyn　孽 awnb
内 mw mwi　喃 kfm kfmf　闹 uym uymh　你 wq wqiy　娘 vyv vyve　蘖 awns
那 vfb vfbh　楠 sfm sfmf　淖 ihj ihjh　拟 rny rnyw　酿 sgye　您 wqin
纳 xmwy　赧 fobc　圹 uygg　旎 ytnx　鸟 qyng　宁 ps psj
肭 emwy　腩 efm efmf　讷 ymwy　昵 jnx jnxn　茑 aqyg　咛 kps kpsh
娜 vvf vvfb　蝻 jfm jfmf　呐 kmwy　逆 ubt ubtp　袅 qyne　拧 rps rpsh
衲 pumw　囔 kgke　呢 knx knxn　匿 aadk　嬲 llv llvl　狞 qtp qtps
钠 qmwy　囊 gkh gkhe　馁 qne qnev　溺 ixu ixuu　尿 nii　柠 sps spsh
捺 rdfi　馕 qnge　嫩 vgk vgkt　睨 hvq hvqn　脲 eni eniy　聍 bps bpsh
乃 etn　曩 jyk jyke　能 ce cexx　腻 eaf eafm　捏 rjfg　凝 uxt uxth
奶 ve ven　攮 rgke　嗯 kldn　拈 rhkg　聿 vhk　佞 wfv wfvg
艿 aeb　夯 giv givb　妮 vnx vnxn　年 rh rhfk　陧 bjf bjfg　泞 ips ipsh
氖 rne rneb　呶 kvc kvcy　尼 nx nxv　鲇 qghk　涅 ijfg　甯 pne pnej
奈 dfi dfiu　挠 ratq　坭 fnx fnxn　鲶 qgwn　聂 bcc bccu　甯 pnej
柰 sfiu　硇 dtl dtlq　怩 nnx nnxn　黏 twik　臬 ths thsu　妞 vnf vnfg
耐 dmjf　铙 qat qatq　泥 inx inxn　捻 rwyn　啮 khwb　牛 rhk
萘 adfi　猱 qtcs　倪 wvq wvqn　辇 fwfl　嗫 kbc kbcc　忸 nnf nnfg
鼐 ehn ehnn　蛲 jatq　铌 qnx qnxn　撵 rfwl　镊 qbc qbce　扭 rnf rnfg
囡 lvd　垴 fybh　猊 qtvq　碾 dna dnae　镍 qth qths　狃 qtnf

纽 xnf xnfg	脓 epe epey	努 vcl vclb	恧 dmjn	傩 wcwy	糯 ofd ofdj
钮 qnf qnfg	弄 gaj	弩 vcx vcxb	衄 tlnf	诺 yad yadk	
农 pei	耨 did didf	胬 vcmw	疟 uagd	喏 kadk	
侬 wpe wpey	奴 vcy	怒 vcn vcnu	虐 haa haag	搦 rxu rxuu	
哝 kpe kpey	孥 vcbf	女 vvv	暖 jef jefc	锘 qad qadk	
浓 ipe ipey	驽 vcc vccf	钕 qvg	挪 rvf rvfb	懦 nfdj	

O

噢 ktmd	欧 aqq aqqw	鸥 aqqg	耦 dij dijy	沤 iaq iaqy
哦 ktr ktrt	殴 aqm aqmc	呕 kaqy	藕 adiy	
讴 yaq yaqy	瓯 aqgn	偶 wjm wjmy	怄 naq naqy	

P

趴 khw khwy	叛 udrc	陪 buk bukg	澎 ifke	罴 lfco	剽 sfij
啪 krr krrg	盼 hwv hwvn	培 fuk fukg	篷 ttdp	蜱 jrt jrtf	漂 isf isfi
葩 arc arcb	畔 luf lufh	赔 muk mukg	膨 efk efke	貔 eetx	缥 xsf xsfi
杷 scn	袢 puu puuf	锫 qukg	蟛 jfke	鼙 fkuf	飘 sfiq
爬 rhyc	襻 pusr	裴 djde	捧 rdw rdwh	匹 aqv	螵 jsf jsfi
耙 dic dicn	乓 rgy rgyu	沛 igmh	碰 duo duog	庀 yxv	瓢 sfiy
琶 ggc ggcb	滂 iup iupy	佩 wmgh	丕 gigf	仳 wxx wxxn	殍 gqeb
笆 trc trcb	庞 ydx ydxv	帔 mhhc	批 rx rxxn	圮 fnn	瞟 hsf hsfi
帕 mhr mhrg	逄 tah tahp	旆 ytg ytgh	纰 xxxn	痞 ugi ugik	票 sfiu
怕 nr nrg	旁 upy upyb	珮 gmgh	邳 gigb	擗 rnk rnku	嘌 ksf ksfi
拍 rrg	螃 jup jupy	配 sgn sgnn	披 rhc rhcy	癖 unk unku	嫖 vsf vsfi
俳 wdjd	耪 diuy	辔 xlx xlxk	砒 dxx dxxn	屁 nxx nxxv	气 rntr
徘 tdjd	胖 euf eufh	霈 fig figh	铍 qhc qhcy	淠 ilgj	撇 rumt
排 rdj rdjd	抛 rvl rvln	喷 kfa kfam	劈 nkuv	媲 vtl vtlx	瞥 umih
牌 thgf	脬 eeb eebg	盆 wvl wvlf	噼 knk knku	睥 hr hrtf	丿 ttl ttll
哌 kre krey	刨 qnjh	湓 iwvl	霹 fnk fnku	僻 wnk wnku	苤 agi agig
派 ire irey	咆 kqn kqnn	怦 ngu nguh	皮 hc hci	甓 nkun	姘 vua vuah
湃 ird irdf	庖 yqn yqnv	抨 rguh	芘 axx axxb	臂 nkuy	拼 rua ruah
蒎 air aire	狍 qtqn	砰 dgu dguh	枇 sxxn	片 thg thgn	贫 wvmu
潘 itol	炮 oq oqnn	烹 ybo ybou	毗 lxx lxxn	偏 wyna	嫔 vpr vprw
攀 sqq sqqr	袍 puq puqn	嘭 kfke	疲 uhc uhci	犏 trya	频 hid hidm
爿 nhde	匏 dfnn	朋 ee eeg	蚍 jxxn	篇 tyna	颦 hidf
盘 tel telf	跑 khq khqn	堋 fee feeg	郫 rtfb	翩 ynmn	品 kkk kkkf
磐 temd	泡 iqn iqnn	彭 fkue	陴 brt brtf	骈 cua cuah	榀 skk skkk
蹒 khaw	疱 uqn uqnv	棚 see seeg	啤 krt krtf	胼 eua euah	牝 trx trxn
蟠 jtol	呸 kgi kgig	硼 dee deeg	埤 frt frtf	骗 khya	娉 vmgn
判 udjh	胚 egi egig	蓬 atdp	琵 ggx ggxx	谝 yyna	聘 bmg bmgn
泮 iuf iufh	醅 sguk	鹏 eeq eeqg	脾 ert ertf	骗 cyna	乒 rgt rgtr

傅 wmgn	鲆 qgg qggh	笸 takf	攴 hcu	璞 gogy	镨 tfnj
平 gu guhk	钋 qhy	迫 rpd	攵 ttgy	濮 iwo iwoy	镨 quo quoj
评 ygu yguh	坡 fhc fhcy	珀 grg	扑 rhy	镤 qog qogy	蹼 kho khoy
凭 wtfm	泼 inty	破 dhc dhcy	铺 qge qgey	朴 shy	瀑 ija ijai
坪 fgu fguh	颇 hcd hcdm	粕 org	噗 kog kogy	圃 lgey	曝 jja jjai
苹 agu aguh	婆 ihcv	魄 rrqc	匍 qgey	埔 fgey	
屏 nua nuak	鄱 tolb	剖 ukj ukjh	莆 age agey	浦 igey	
枰 sgu sguh	嶓 rtol	掊 ruk rukg	菩 auk aukf	普 uo uogj	
瓶 uag uagn	叵 akd	裒 yveu	葡 aqg aqgy	溥 igef	
萍 aigh	钷 qak qakg	仆 why	蒲 aigy	谱 yuo yuoj	

Q

七 ag agn	其 aadw	契 dhv dhvd	荨 avf avfu	腔 epw epwa	瞧 hwy hwyo
沏 iav iavn	骐 cadw	砌 dav davn	铃 qwyn	蜣 judn	巧 agnn
妻 gv gvhv	骑 cds cdsk	荠 ayjj	虔 hay hayi	锖 qgeg	愀 nto ntoy
柒 ias iasu	棋 sad sadw	葺 akb akbf	钱 qg qgt	锵 quqf	俏 wie wieg
凄 ugvv	琦 gds gdsk	碛 dgm dgmy	钳 qaf qafg	镪 qxk qxkj	诮 yie yieg
栖 ssg	琪 gad gadw	器 kkd kkdk	乾 fjt fjtn	强 xk xkjy	峭 mi mieg
桤 smnn	祺 pya pyaw	憩 tdtn	掮 ryne	墙 ffuk	窍 pwan
戚 dhi dhit	蛴 jyj jyjh	掐 rqv rqvg	箝 traf	嫱 vfuk	翘 atgn
萋 agv agvv	旗 yta ytaw	葜 adhd	潜 ifw ifwj	蔷 afu afuk	撬 rtfn
期 adwe	綦 adwi	恰 nwgk	黔 lfon	樯 sfu sfuk	鞘 afie
欺 adww	蜞 jad jadw	洽 iwg iwgk	凵 bnh	抢 rwb rwbn	切 av avn
嘁 kdht	蕲 aujr	髂 mep mepk	浅 igt	悄 ni nieg	茄 alkf
慽 sdht	鳍 qgfj	千 tfk	肷 eqw eqwy	硗 dat datq	且 eg egd
漆 isw iswi	麒 ynjw	仟 wtfh	慊 nuv nuvo	蹺 khaq	妾 uvf
蹊 khed	乞 tnb	阡 btf btfh	遣 khgp	劁 wyoj	怯 nfcy
亓 fjj	企 whf	扦 rtfh	谴 ykhp	敲 ymkc	窃 pwav
祁 pyb pybh	屺 mnn	芊 atf atfj	缱 xkhp	锹 qto qtoy	挈 dhvr
齐 yjj	岂 mn mnb	迁 tfp tfpk	欠 qw qwu	橇 stf stfn	惬 nag nagw
圻 frh	芑 anb	金 wgif	芡 aqw aqwu	缲 xkk xkks	箧 tagw
岐 mfc mfcy	启 ynk ynkd	岍 mgah	茜 asf	乔 tdj tdjj	锲 qdh qdhd
芪 aqa aqab	杞 snn	钎 qtf qtfh	倩 wgeg	侨 wtd wtdj	亲 us usu
其 adw adwu	起 fhn fhnv	牵 dpr dprh	堑 lrf lrff	荞 atdj	侵 wvp wvpc
奇 dskf	绮 xds xdsk	悭 njc njcf	嵌 maf mafw	桥 std stdj	钦 qqw qqwy
歧 hfc hfcy	綮 ynti	铅 qmk qmkg	椠 lrs lrsu	桥 stdj	衾 wyne
祈 pyr pyrh	气 rnb	谦 yuv yuvo	歉 uvow	谯 ywyo	芩 awyn
耆 ftxj	讫 ytnn	愆 tifn	呛 kwb kwbn	憔 nwyo	芹 arj
脐 eyj eyjh	汔 itn itnn	签 twgi	羌 udnb	鞒 aftj	秦 dwt dwtu
顽 rdm rdmy	迄 tnp tnpv	骞 pfjc	戕 nhda	樵 swyo	琴 ggwn
崎 mds mdsk	弃 yca ycaj	搴 pfjr	戗 wba wbat		禽 wyb wybc
淇 iadw	汽 irn irnn	褰 pfje	枪 swb swbn		勤 akgl
畦 lffg	泣 iug	前 ue uejj	跄 khwb		溱 idw idwt

噙 kwyc
擒 rwyc
檎 swyc
蠄 jdwt
锓 qvp qvpc
寝 puvc
吣 kny
沁 in iny
撳 rqq rqqw
青 gef
氢 rnc rnca
轻 lc lcag
倾 wxd wxdm
卿 qtvb
圊 lged
清 ige igeg
蜻 jgeg
鲭 qgge
情 nge ngeg
晴 jge jgeg
氰 rnge
擎 aqkr

檠 aqks
黥 lfoi
苘 amk amkf
顷 xd xdmy
请 yge ygeg
謦 fnmy
庆 yd ydi
箐 tge tgef
磬 fnmd
罄 fnmm
鼚 amyh
鎏 amyq
邛 abh
穷 pwl pwlb
穹 pwx pwxb
茕 apn apnf
笻 tab tabj
琼 gyiy
蛩 amyj
丘 rgd
邱 rgb rgbh
秋 to toy

蚯 jrgg
楸 sto stoy
鳅 qgto
囚 lwi
犰 qtvn
求 fiy fiyi
虬 jnn
泅 ilw ilwy
俅 wfiy
酋 usgf
逑 fiyp
球 gfi gfiy
赇 mfi mfiy
巯 cay cayq
遒 usgp
裘 fiye
蝤 jus jusg
鮂 thlv
糗 othd
区 aq aqi
曲 ma mad
岖 maq maqy

诎 ybmh
驱 caq caqy
屈 nbm nbmk
祛 pyfc
蛆 jegg
躯 tmdq
蛐 jma jmag
趋 fhqv
麹 fwwo
黢 lfot
岣 qkl qkln
胸 eqk eqkg
鸲 qkqg
渠 ians
蕖 aias
磲 dias
璩 ghae
蘧 aha ahap
氍 hhwn
癯 uhh uhhy
衢 thhh
蠼 jhhc

取 bc bcy
娶 bcv bcvf
龋 hwby
去 fcu
阒 uhd uhdi
觑 haoq
趣 fhb fhbc
悛 ncw ncwt
圈 lud ludb
全 wg wgf
权 sc scy
诠 ywg ywgg
泉 riu
荃 awgf
拳 udr udrj
辁 lwgg
痊 uwg uwgd
铨 qwg qwgg
筌 twgf
蜷 judb
醛 sgag
鬈 deu deub

颧 akk akkm
犭 qte
犬 dgty
畎 ldy
绻 xudb
劝 cl cln
券 udv udvb
炔 onw onwy
缺 rmn rmnw
瘸 ulkw
却 fcb fcbh
悫 fpmn
雀 iwyf
确 dqe dqeh
阕 uwgd
阙 uub uubw
鹊 ajqg
榷 spwy
逡 cwt cwtp
裙 puvk
群 vtk vtkd

R

蚺 jmf jmfg
然 qd qdou
髯 dem demf
燃 oqdo
冉 mfd
苒 amf amff
染 ivs ivsu
禳 pyye
瓤 ykky
穰 tyk tyke
嚷 kyk kyke
壤 fyk fyke
攘 ryk ryke
让 yh yhg
荛 aatq
饶 qna qnaq
桡 sat satq
扰 rdn rdnn

娆 vat vatq
绕 xat xatq
惹 adkn
热 rvyo
人 w wwww
亻 wth
仁 wfg
壬 tfd
忍 vynu
荏 awtf
稔 twyn
刃 vyi
认 yw ywy
仞 wvy wvyy
任 wtf wtfg
纴 xvy xvyy
妊 vtf vtfg
轫 lvy lvyy

韧 fnhy
饪 qntf
衽 putf
恁 wtfn
葚 aadn
扔 re ren
仍 we wen
日 jjjj
戎 ade
肜 eet
狨 qtad
绒 xad xadt
茸 abf
荣 aps apsu
容 pwwk
嵘 maps
溶 ipwk
蓉 apw apwk

榕 spwk
熔 opw opwk
蝾 japs
镕 qpwk
融 gkm gkmj
冗 pmb
柔 cbts
揉 rcbs
糅 ocb ocbs
蹂 khcs
鞣 afcs
肉 mwwi
如 vk vkg
茹 avk avkf
铷 qvk qvkg
儒 wfd wfdj
嚅 kfd kfdj
孺 bfd bfdj

濡 ifd ifdj
薷 afdj
襦 pufj
蠕 jfdj
颥 fdmm
汝 ivg
乳 ebn ebnn
辱 dfef
入 ty tyi
洳 ivkg
溽 idff
缛 xdff
蓐 adff
褥 pudf
阮 bfq bfqn
朊 efq efqn
软 lqw lqwy
蕤 aetg

蕊 ann annn
芮 amwu
枘 smwy
蚋 jmw jmwy
锐 quk qukq
瑞 gmd gmdj
睿 hpgh
闰 ug ugd
润 iugg
若 adk adkf
偌 wad wadk
弱 xu xuxu
箬 tadk

S

仁 wdg
撒 rae raet
洒 is isg
卅 gkk
飒 umqy
脎 eqs eqsy
萨 abu abut
塞 pfjf
腮 elny
噻 kpf kpff
鳃 qgl qgln
赛 pfjm
三 dg dggg
叁 cdd cddf
毵 cden
伞 wuh wuhj
散 aet aety
糁 ocd ocde
馓 qnat
桑 cccs
嗓 kcc kccs
搡 rccs
磉 dcc dccs
颡 cccm
丧 fue fueu
搔 rcyj
骚 ccyj
缫 xvj xvjs
臊 ekks
鳋 qgcj
扫 rv rvg
嫂 vvh vvhc
埽 fvp fvph
瘙 ucy ucyj
色 qc qcb
涩 ivy ivyh
啬 fulk
铯 qqcn
瑟 ggn ggnt
穑 tfuk
森 sss sssu

僧 wul wulj
杀 qsu
沙 iit iitt
纱 xi xitt
刹 qsj qsjh
砂 di ditt
莎 aiit
铩 qqs qqsy
痧 uii uiit
裟 iite
鲨 iitg
傻 wtlt
唆 kuv kuvg
啥 kwfk
歃 tfvw
煞 qvt qvto
霎 fuv fuvf
筛 tjgh
晒 jsg
山 mmm
彡 ett ettt
删 mmgj
杉 set
芟 amc amcu
姗 vmmg
衫 pue puet
钐 qet
埏 fth fthp
珊 gmmg
舢 temh
跚 khmg
煽 oynn
潸 isse
膻 eyl eylg
闪 uw uwi
陕 bgu bguw
讪 ymh
汕 imh
疝 umk
苫 ahk ahkf
剡 ooj oojh

扇 ynnd
善 uduk
骟 cynn
鄯 udub
缮 xud xudk
嬗 vylg
擅 ryl rylg
膳 eudk
赡 mqd mqdy
蟮 judk
鳝 qguk
伤 wtl wtln
殇 gqtr
商 um umwk
觞 qetr
墒 fum fumk
熵 oum oumk
裳 ipke
垧 ftm ftmk
晌 jtm jtmk
赏 ipkm
上 h hhgg
尚 imkf
绱 xim ximk
捎 rie rieg
梢 sie sieg
烧 oat oatq
稍 tie tieg
筲 tief
艄 teie
蛸 jie jieg
勺 qyi
芍 aqy aqyu
苕 avkf
韶 ujv ujvk
少 it itr
劭 vkl vkln
邵 vkb vkbh
绍 xvk xvkg
哨 kie kieg
潲 iti itie

奢 dft dftj
猞 qtwk
赊 mwf mwfi
畲 wfil
舌 tdd
佘 wfiu
蛇 jpx jpxn
舍 wfk wfkf
厍 dlk
设 ymc ymcy
社 py pyfg
射 tmdf
涉 ihi ihit
赦 fot foty
慑 nbc nbcc
摄 rbcc
滠 ibc ibcc
麝 ynjf
申 jhk
伸 wjh wjhh
身 tmd tmdt
呻 kjh kjhh
绅 xjh xjhh
诜 ytfq
娠 vdf vdfe
砷 djh djhh
深 ipw ipws
神 pyj pyjh
沈 ipq ipqn
审 pj pjhj
哂 ksg
矧 tdxh
谂 ywyn
婶 vpj vpjh
渖 ipj ipjh
肾 jce jcef
甚 adwn
胂 ejhh
渗 icd icde
慎 nfh nfhw
椹 sadn

屜 dfej
升 tak
生 tg tgd
声 fnr
牲 trtg
胜 etg etgg
笙 ttgf
甥 tgll
渑 ikj ikjn
绳 xkjn
省 ith ithf
眚 tghf
圣 cff
晟 jdn jdnt
盛 dnnl
剩 tuxj
嵊 mtu mtux
尸 nngt
失 rw rwi
师 jgm jgmh
虱 ntj ntji
诗 yff yffy
施 ytb ytbn
狮 qtjh
湿 ijo ijog
著 aftj
酾 sggy
鲺 qgn qgnj
十 fgh
亇 qnb
什 wfh
石 dgtg
时 jf jfy
识 ykw ykwy
实 pu pudu
拾 rwgk
炻 odg
蚀 qnj qnjy
食 wyv wyve
埘 fjfy
莳 ajfu

鲥 qgjf
史 kq kqi
矢 tdu
豕 egt egty
使 wgkq
始 vck vckg
驶 ckq ckqy
屎 noi
士 fghg
氏 qa qav
礻 pyi
世 an anv
仕 wfg
市 ymhj
示 fi fiu
式 aa aad
事 gk gkvh
侍 wff wffy
势 rvyl
视 pym pymq
试 yaa yaag
饰 qnth
室 pgc pgcf
恃 nff nffy
拭 raa raag
是 j jghu
柿 symh
贳 anm anmu
适 tdp tdpd
舐 tdqa
轼 laa laag
逝 rrp rrpk
铈 qymh
弑 qsa qsaa
谥 yuw yuwl
释 toc toch
嗜 kftj
筮 taw taww
誓 rryf
噬 kta ktaw
螫 fotj

收 nh nhty	黍 twi twiu	水 ii iiii	汜 inn	叟 vhc vhcu	髓 med medp
手 rt rtgh	署 lftj	税 tuk tukq	伺 wng wngk	嗽 kyt kytd	岁 mqu
扌 rgh rghg	鼠 vnu vnun	睡 ht htgf	似 wny wnyw	瞍 hvh hvhc	祟 bmf bmfi
守 pf pfu	蜀 lqj lqju	吮 kcq kcqn	兕 mmgq	擞 rovt	谇 yyw yywf
首 uth uthf	薯 alfj	顺 kd kdmy	姒 vny vnyw	薮 aovt	遂 uep uepi
艏 teu teuh	曙 jl jlfj	舜 epqh	祀 pynn	苏 alw alwu	碎 dyw dywf
寿 dtf dtfu	术 sy syi	瞬 hep heph	泗 ilg	酥 sgty	隧 bue buep
受 epc epcu	戍 dynt	说 yu yukq	饲 qnnn	稣 qgty	燧 oue ouep
狩 qtpf	束 gki gkii	妁 vqy vqyy	驷 clg	俗 wwwk	穗 tgjn
兽 ulg ulgk	沭 isyy	烁 oqi oqiy	俟 wct wctd	诉 yr yryy	邃 pwup
售 wyk wykf	述 syp sypi	铄 qqi qqiy	笥 tng tngk	肃 vij vijk	孙 bi biy
授 rep repc	树 scf scfy	硕 ddm ddmy	耜 din dinn	涑 igki	狲 qtbi
绶 xep xepc	竖 jcu jcuf	嗍 kub kube	嗣 kma kmak	素 gxi gxiu	荪 abiu
瘦 uvh uvhc	恕 vkn vknu	搠 rub rube	肆 dv dvfh	速 gkip	飧 qwye
书 nnh nnhy	庶 yao yaoi	蒴 aub aube	松 nwc nwcy	宿 pwdj	损 rkm rkmy
殳 mcu	数 ovt ovty	嗽 kgkw	松 swc swcy	粟 sou	笋 tvt tvtr
抒 rcb rcbh	腧 ewgj	槊 ubts	淞 usw uswc	谡 ylw ylwt	隼 wyfj
纾 xcb xcbh	墅 jfcf	厶 cny	崧 msw mswc	嗉 kgxi	桦 swyf
叔 hic hicy	漱 igkw	纟 xxx xxxx	凇 iswc	塑 ubtf	唆 kcw kcwt
枢 saq saqy	澍 ifkf	丝 xxg xxgf	菘 asw aswc	愫 ngx ngxi	娑 iitv
姝 vri vriy	刷 nmh nmhj	司 ngk ngkd	嵩 mymk	溯 iub iube	挲 iitr
倏 whtd	唰 knm knmj	私 tcy	怂 wwnu	傈 wso wsoy	桫 sii siit
殊 gqr gqri	耍 dmjv	咝 kxxg	悚 ngki	蔌 agk agkw	梭 scw scwt
梳 syc sycq	衰 ykge	思 ln lnu	筲 wwb wwbf	觫 qegi	睃 hcw hcwt
淑 ihic	摔 ryx ryxf	鸶 xxgg	竦 ugki	簌 tgkw	嗦 kfpi
菽 ahi ahic	甩 en env	斯 adwr	讼 ywc ywcy	狻 qtct	羧 udct
疏 nhy nhyq	帅 jmh jmhh	缌 xlny	宋 psu	獉 qtct	蓑 ayk ayke
舒 wfkb	蟀 jyx jyxf	蛳 jjg jjgh	诵 yceh	酸 sgc sgct	缩 xpw xpwj
摅 rhan	闩 ugd	厮 dadr	送 udp udpi	蒜 afi afii	所 rn rnrh
鮱 wgen	拴 rwg rwgg	锶 qln qlny	颂 wcd wcdm	算 tha thaj	唢 kim kimy
输 lwg lwgj	栓 swgg	嘶 kad kadr	嗖 kvh kvhc	虽 kj kju	索 fpx fpxi
蔬 anh anhq	涮 inm inmj	撕 rad radr	搜 rvh rvhc	荽 aev aevf	琐 gimy
秫 tsy tsyy	双 cc ccy	澌 iadr	溲 ivh ivhc	眭 hff hffg	锁 qim qimy
孰 ybvy	霜 fs fshf	死 gqx gqxb	馊 qnvc	睢 hwyg	
赎 mfn mfnd	媚 vfs vfsh	巳 nngn	飕 mqvc	濉 ihw ihwy	
塾 ybvf	爽 dqq dqqq	四 lh lhng	锼 qvhc	绥 xev xevg	
熟 ybv ybvo	谁 ywyg	寺 ff ffu	艘 tevc	隋 bda bdae	
暑 jft jftj	氵 iyyg		螋 jvh jvhc	随 bde bdep	

T

他 wb wbn	铊 qpx qpxn	塌 fawk	挞 rdp rdpy	榻 sjn sjng	胎 eck eckg
它 px pxb	塌 fjn fjng	獭 qtgm	闼 udpi	踏 khij	台 ck ckf
趿 khey	溻 ijn ijng	鳎 qgjn	遢 jnp jnpd	骀 cck cckg	邰 ckb ckbh

抬 rck rckg	镗 qipf	铽 qany	佻 wiq wiqn	佟 wtuy	瞳 luj lujf
苔 ack ackf	饧 qnnr	慝 aadn	挑 riq riqn	彤 mye myet	彖 xeu
炱 cko ckou	唐 yvh yvhk	疼 utu utui	桃 pyiq	茼 amg amgk	推 rwyg
跆 khck	堂 ipkf	腾 eud eudc	条 ts tsu	桐 smgk	頹 tmdm
鲐 qgc qgck	棠 ipks	誊 udyf	迢 vkp vkpd	砼 dwa dwag	腿 eve evep
鮐 qgck	塘 fyv fyvk	藤 aeu aeui	笤 tvk tvkf	铜 qmgk	退 vep vepi
薹 afkf	搪 ryv ryvk	剔 jqrj	髫 hwbk	童 ujff	煺 ove ovep
太 dy dyi	溏 iyvk	梯 sux suxt	蜩 jmfk	酮 sgmk	蜕 juk jukq
汰 idy idyy	瑭 gyvk	锑 qux quxt	眢 devk	僮 wuj wujf	褪 puvp
态 dyn dynu	樘 sip sipf	踢 khj khjr	鲦 qgts	潼 iujf	吞 gdk gdkf
肽 edy edyy	膛 ei eipf	绨 xuxt	窕 pwi pwiq	瞳 hu hujf	暾 jyb jybt
钛 qdy qdyy	糖 oyv oyvk	啼 ku kuph	眺 hiq hiqn	统 xyc xycq	屯 gb gbnv
泰 dwiu	螗 jyvk	提 rj rjgh	粜 bmo bmou	捅 rce rceh	饨 qngn
酞 sgdy	螳 jip jipf	缇 xjg xjgh	铫 qiq qiqn	桶 sce sceh	豚 eey
坍 fmyg	醣 sgyk	鹈 uxhg	跳 khi khiq	筒 tmgk	臀 nawe
贪 wynm	帑 vcm vcmh	题 jghm	贴 mhkg	恸 nfcl	氽 wiu
摊 rcw rcwy	倘 wim wimk	蹄 khuh	萜 amhk	痛 uce ucek	乇 tav
滩 icw icwy	淌 iim iimk	醍 sgjh	铁 qr qrwy	偷 wwgj	托 rta rtan
瘫 ucwy	傥 wipq	体 wsg wsgg	帖 mhh mhhk	亠 yyg	拖 rtb rtbn
坛 ffc ffcy	糍 diik	屉 nan nanv	餮 gqwe	头 udi	脱 euk eukq
昙 jfcu	躺 tmdk	剃 uxhj	厅 ds dsk	投 rmc rmcy	驮 cdy
谈 yoo yooy	烫 inro	倜 wmf wmfk	汀 ish	骰 memc	佗 wpx wpxn
郯 oob oobh	趟 fhi fhik	悌 nux nuxt	听 kr krh	透 tep tepv	陀 bpx bpxn
覃 sjj	涛 idt idtf	涕 iuxt	町 lsh	凸 hgm hgmg	坨 fpxn
痰 uoo uooi	绦 xts xtsy	逖 qtop	烃 oc ocag	秃 tmb	沱 ipx ipxn
锬 qoo qooy	掏 rqr rqrm	惕 njq njqr	廷 tfpd	突 pwd pwdu	驼 cp cpxn
谭 ysj ysjh	滔 iev ievg	替 fwf fwfj	亭 yps ypsj	图 ltu ltui	柁 spx spxn
潭 isj isjh	韬 fnhv	裼 pujr	庭 ytfp	徒 tfhy	砣 dpx dpxn
檀 syl sylg	饕 kgne	嚏 kfph	莛 atfp	涂 iwt iwty	鸵 qynx
忐 hnu	洮 iiq iiqn	天 gd gdi	停 wyp wyps	茶 awt awtu	跎 khpx
坦 fjg fjgg	逃 iqp iqpv	添 igd igdn	婷 vyp vyps	途 wtp wtpi	酡 sgp sgpx
袒 pujg	桃 siq siqn	田 llll	葶 ayp ayps	屠 nft nftj	橐 gkhs
钽 qjg qjgg	陶 bqr bqrm	恬 ntd ntdg	蜓 jtfp	酴 sgwt	鼍 kkl kkln
毯 tfno	啕 kqrm	畋 lty	霆 ftf ftfp	土 ffff	妥 ev evf
叹 kcy	淘 iqr iqrm	甜 tdaf	挺 rtfp	吐 kfg	庹 yany
炭 mdo mdou	萄 aqr aqrm	填 ffh ffhw	梃 stfp	钍 qfg	椭 sbd sbde
探 rpws	鼗 iqf iqfc	阗 ufh ufhw	铤 qtfp	兔 qkqy	拓 rd rdg
赕 moo mooy	讨 yfy	忝 gdn gdnu	艇 tet tetp	堍 fqk fqky	柝 sryy
碳 dmd dmdo	套 ddu	殄 gqwe	通 cep cepk	菟 aqky	唾 ktg ktgf
汤 inr inrt	叨 ghnu	腆 ema emaw	嗵 kce kcep	潳 imd imdj	箨 trch
铴 qin qinr	忑 ani	舔 tdgn	仝 waf	团 lft lfte	
羰 udm udmo	特 trf trff	掭 rgdn	同 m mgkd	抟 rfn rfny	

W

哇 kff kffg	琬 gpq gpqb	围 lfnh	味 kfi kfiy	薾 akm akmw	午 tfj
娃 vff vffg	皖 rpf rpfq	帏 mhf mhfh	畏 lge lgeu	喔 kngf	仵 wtfh
挖 rpwn	豌 lpq lpqb	沩 iyl iyly	胃 le lef	窝 pwkw	伍 wgg
洼 iffg	碗 dpq dpqb	违 fnhp	書 gjfk	蜗 jkm jkmw	坞 fqng
娲 vkmw	万 dnv	闱 ufn ufnh	谓 yle yleg	我 q trnt	妩 vfq vfqn
蛙 jff jffg	腕 epq epqb	桅 sqd sqdb	喂 klge	沃 itdy	庑 yfq yfqv
瓦 gny gnyn	汪 ig igg	涠 ilf ilfh	渭 ile ileg	肟 efn efnn	忤 nfq nfqn
佤 wgn wgnn	亡 ynv	唯 kwyg	猬 qtle	卧 ahnn	迕 tfpk
袜 pug pugs	王 ggg gggg	帷 mhwy	蔚 anf anff	喔 mhnf	武 gah gahd
膃 ejl ejlg	网 mqq mqqi	惟 nwy nwyg	慰 nfi nfin	握 rng rngf	侮 wtx wtxu
歪 gig gigh	往 tyg tygg	维 xwy xwyg	魏 tvr tvrc	渥 ing ingf	捂 rgkg
崴 mdgt	枉 sgg	嵬 mrq mrqc	温 ijl ijlg	硪 dtr dtrt	牾 trgk
外 qh qhy	冈 muy muyn	潍 ixw ixwy	瘟 ujl ujld	斡 fjwf	鹉 gahg
弯 yox yoxb	惘 nmu nmun	伟 wfn wfnh	文 yygy	龌 hwbf	舞 rlg rlgh
剜 pqbj	辋 lmu lmun	伪 wyl wyly	纹 xyy	乌 qng qngd	兀 gqv
湾 iyo iyox	魍 rqcn	尾 ntf ntfn	闻 ub ubd	圬 ffn ffnn	勿 qre
蜿 jpq jpqb	妄 ynvf	纬 xfnh	蚊 jyy	污 ifn ifnn	务 tl tlb
豌 gkub	忘 ynnu	苇 afn afnh	阌 uepc	邬 qngb	戊 dny dnyt
丸 vyi	旺 jgg	委 tv tvf	雯 fyu	呜 kqng	阢 bgq bgqn
纨 xvyy	望 yneg	炜 ofn ofnh	刎 qrj qrjh	巫 aww awwi	机 sgqn
芄 avy avyu	危 qdb qdbb	玮 gfn gfnh	吻 kqr kqrt	屋 ngc ngcf	芴 aqrr
完 pfq pfqb	威 dgv dgvt	浿 ideg	紊 yxiu	诬 yaw yaww	物 tr trqr
玩 gfq gfqn	偎 wlge	娓 vntn	稳 tqv tqvn	钨 qqn qqng	误 ykg ykgd
顽 fqd fqdm	透 tvp tvpd	诿 ytv ytvg	问 ukd	无 fq fqv	悟 ngkg
烷 opf opfq	限 blge	萎 atv atvf	汶 iyy	毋 xde	晤 jgk jgkg
宛 pq pqbb	葳 adg adgt	隗 brq brqc	壅 wfm wfmy	吴 kgd kgdu	焐 ogk ogkg
挽 rqkq	微 tmg tmgt	猥 qtle	翁 wcn wcnf	吾 gkf	婺 cbtv
晚 jq jqkq	煨 olg olge	瘘 utv utvd	嗡 kwc kwcn	芜 afqb	痦 ugkd
莞 apfq	薇 atm atmt	舺 ten tenn	蓊 awc awcn	唔 kgkg	鹜 cbtc
婉 vpq vpqb	巍 mtv mtvc	跬 jghh	瓮 wcg wcgn	梧 sgk sgkg	雾 ftl ftlb
惋 npqb	□ lhng	鲔 qgde	蕹 ayxy	浯 igkg	寤 pnhk
绾 xpn xpnn	为 o ylyi	卫 bg bgd	挝 rfp rfpy	蜈 jkg jkgd	鹜 cbtg
脘 epf epfq	韦 fnh fnhk	未 fii	倭 wtv wtvg	鼯 vnuk	鋈 itdq
菀 apqb	圩 fgf fgfh	位 wug	涡 ikm ikmw	五 gg gghg	

X

夕 qtny	西 sghg	昔 ajf	�が pwq pwqu	唏 kqd kqdh	浠 iqdh
兮 wgnb	吸 ke keyy	析 sr srh	诶 yct yctd	累 exd exdu	牺 trs trsg
汐 iqy	希 qdm qdmh	矽 dqy	郗 qdmb	息 thn thnu	悉 ton tonu

惜 najg	屣 nthh	暹 jwy jwyp	襄 ykk ykke	哮 kft kftb	忻 nrh
歙 qdmw	蓰 ath athh	暹 jwyp	骧 cyk cyke	效 uqt uqty	芯 anu
淅 isr isrh	禊 pyfk	闲 usi	镶 qyk qyke	校 suq suqy	辛 uygh
烯 oqd oqdh	戏 ca cat	弦 xyx xyxy	详 yud yudh	笑 ttd ttdu	昕 jrh
硒 dsg	系 txi txiu	贤 jcm jcmu	庠 yudk	啸 kvi kvij	欣 rqw rqwy
菥 asr asrj	饩 qnrn	咸 dgk dgkt	祥 pyu pyud	些 hxf hxff	莘 auj
晰 jsr jsrh	细 xl xlg	涎 ithp	翔 udng	楔 sdh sdhd	锌 quh
犀 nir nirh	郄 qdc qdcb	娴 vus vusy	享 ybf	歇 jqw jqww	新 usr usrh
稀 tqd tqdh	阋 uvq uvqv	舷 teyx	响 ktm ktmk	蝎 jjq jjqn	歆 ujqw
栖 osg	舄 vqo vqou	衔 tqf tqfh	饷 qntk	协 fl flwy	薪 aus ausr
翕 wgkn	隙 bij biji	痫 uus uusi	飨 xtw xtwe	邪 ahtb	馨 fnm fnmj
舾 tesg	褉 pydd	鹇 usq usqg	想 shn shnu	胁 elw elwy	鑫 qqq qqqf
溪 iex iexd	呷 klh	嫌 vu vuvo	鲞 udqg	挟 rgu rguw	凶 tlqi
皙 srr srrf	虾 jghy	洗 utf utfq	向 tm tmkd	偕 wxxr	信 wy wyg
锡 qjq qjqr	瞎 hp hpdk	显 jo jogf	巷 awn awnb	斜 wtuf	衅 tlu tluf
僖 wfkk	匣 alk	险 bwg bwgi	象 qje qjeu	谐 yxxr	兴 iw iwu
熄 othn	侠 wgu wguw	猃 qtwi	像 wqj wqje	勰 llln	星 jtg jtgf
熙 ahko	狎 qtl qtlh	蚬 jmq jmqn	橡 sqj sqje	撷 rfkm	惺 njt njtg
蜥 jsrh	峡 mguw	筅 ttfq	蟓 jqj jqje	缬 xfkm	猩 qtjg
嘻 kfk kfkk	狭 qtgw	跣 khtq	枭 qyns	鞋 afff	腥 ejt ejtg
嬉 vfk vfkk	硖 dguw	薛 aqgd	削 iej iejh	写 pgn pgng	刑 gajh
膝 esw eswi	遐 nhf nhfp	燹 eeo eeou	哓 kat katq	泄 iann	行 tf tfhh
樨 snih	暇 jnh jnhc	县 egc egcu	枵 skg skgn	泻 ipgg	邢 gab gabh
歖 wgkw	瑕 gnh gnhc	岘 mmqn	骁 catq	绁 xann	形 gae gaet
熹 fkuo	辖 lpdk	苋 amq amqb	宵 pi pief	卸 rhb rhbh	陉 bca bcag
羲 ugt ugtt	霞 fnhc	现 gm gmqn	消 iie iieg	屑 nied	型 gajf
螅 jthn	黠 lfok	线 xg xgt	绡 xie xieg	械 sa saah	硎 dgaj
蟋 jto jton	下 gh ghi	限 bv bvey	逍 iep iepd	亵 yrv yrve	醒 sgj sgjg
醯 sgyl	吓 kgh kghy	宪 ptf ptfq	萧 avi avij	渫 ians	擤 rth rthj
曦 jug jugt	夏 dht dhtu	陷 bqv bqvg	硝 die dieg	谢 ytm ytmf	杏 skf
鼷 vnud	厦 ddh ddht	馅 qnqv	销 qie qieg	榍 sni snie	姓 vtg vtgg
习 nu nud	镥 rmhh	羡 ugu uguw	潇 iavj	榭 stm stmf	幸 fuf fufj
席 yam yamh	仙 wm wmh	献 fmud	箫 tvij	廨 yqe yqeh	性 ntg ntgg
袭 dxy dxye	先 tfq tfqb	腺 eri eriy	霄 fie fief	懈 nq nqeh	荇 atfh
觋 awwq	纤 xtf xtfh	霰 fae faet	魈 rqce	獬 qtqh	悻 nfuf
媳 vthn	氙 rnm rnmj	乡 xte	嚣 kkdk	薤 agqg	凶 qb qbk
隰 bjx bjxo	祆 pygd	芗 axt axtr	崤 mqde	邂 qevp	兄 kqb
檄 sry sryt	籼 omh	相 shg	涌 iqd iqde	燮 oyo oyoc	匈 qqb qqbk
洗 itfq	苫 awgi	香 tjf	小 ih ihty	瀣 ihq ihqg	芎 axb
玺 qig qigy	掀 rrq rrqw	厢 dsh dshd	晓 jat jatq	蟹 qevj	洶 iqbh
徙 thh thhy	跹 khtp	湘 ishg	筱 twh twht	躞 khoc	胸 eq eqqb
铣 qtfq	酰 sgtq	缃 xsh xshg	孝 ftb ftbf	↑ nyhy	雄 dcw dcwy
喜 fku fkuk	锨 qrq qrqw	葙 ash ashf	肖 ie ief	心 ny nyny	熊 cexo
葸 alnu	鲜 qgu qgud	箱 tsh tshf			休 ws wsy

咻 kws kwsy   项 gdm gdmy   续 xfn xfnd   痃 uyx uyxi   学 ip ipbf   询 yqj yqjg
庥 yws ywsi   虚 hao haog   酗 sgqb   悬 egcn   泶 ipi ipiu   峋 mqjg
羞 udn udnf   嘘 khag   婿 vnhe   旋 ytn ytnh   鲑 rrkh   恂 nqj nqjg
鸺 wsq wsqg   需 fdm fdmj   溆 iwtc   漩 iyth   雪 fv fvf   洵 iqj iqjg
貅 eew eews   墟 fhag   絮 vkx vkxi   璇 gyth   鳕 qgfv   浔 ivfy
馐 qnuf   徐 twt twty   嗅 kthd   选 tfqp   血 tld   荀 aqj aqjf
鬏 dew dews   许 ytf ytfh   煦 jqko   癣 uqg uqgd   谑 yha yhag   循 trfh
朽 sgnn   诩 yng   蓄 ayx ayxl   泫 iyx iyxy   勋 kml kmln   鲟 qgv qgvf
秀 te teb   栩 sng   蓿 apwj   炫 oyx oyxy   埙 fkmy   训 yk ykh
岫 mmg   糈 onh onhe   轩 lf lfh   绚 xqj xqjg   熏 tgl tglo   讯 ynf ynfh
绣 xten   醑 sgne   宣 pgj pgjg   眩 hy hyxy   窨 pwuj   汛 inf infh
袖 pum pumg   旭 vj vjd   谖 yef yefc   铉 qyx qyxy   獯 qtto   迅 nfp nfpk
锈 qten   序 ycb ycbk   喧 kp kpgg   渲 ipgg   薰 atgo   徇 tqj tqjg
溴 ithd   叙 wtc wtcy   揎 rpg rpgg   楦 spg spgg   曛 jtgo   逊 bip bipi
戌 dgn dgnt   恤 ntl ntlg   萱 apgg   碹 dpgg   醺 sgto   殉 gqq gqqj
盱 hgf hgfh   洫 itlg   暄 jpg jpgg   镟 qyth   寻 vf vfu   巽 nna nnaw
砉 dhdf   畜 yxl yxlf   煊 opg opgg   靴 afwx   巡 vp vpv   蕈 asj asjj
胥 nhe nhef   勖 jhl jhln   儇 wlge   薛 awnu   旬 qj qjd
须 ed edmy   绪 xft xftj   玄 yxu   穴 pwu   驯 ckh

Y

丫 uhk   讶 yah yaht   延 thp thpd   掩 rdjn   酽 sggd   仰 wqbh
压 dfy dfyi   迓 ahtp   闫 udd   眼 hv hvey   潎 yfm yfmd   养 udyj
呀 ka kaht   垭 fgo fgog   严 god godr   郾 ajv ajvb   餍 ddw ddwe   氧 rnu rnud
押 rl rlh   娅 vgo vgog   妍 vga vgah   琰 goo gooy   燕 au auko   痒 uud uudk
鸦 ahtg   砑 dah daht   芫 afqb   罨 ldjn   赝 dwwm   怏 nmdy
桠 sgog   氩 rngg   言 yyy yyyy   演 ipg ipgw   央 md mdi   恙 ugn ugnu
鸭 lqy lqyg   揠 rajv   岩 mdf   魇 ddr ddrc   泱 imdy   样 su sudh
牙 ah ahte   咽 kld kldy   沿 imk imkg   鼹 vnuv   殃 gqm gqmd   漾 iugi
伢 wah waht   恹 nddy   炎 oo oou   厌 ddi   秧 tmdy   幺 xnny
岈 mah maht   烟 ol oldy   研 dga dgah   彦 uter   鸯 mdq mdqg   夭 tdi
芽 aah aaht   胭 eld eldy   盐 fhl fhlf   砚 dmq dmqn   鞅 afmd   吆 kxy
琊 gahb   崦 mdj mdjn   阎 uqvd   唁 kyg   扬 rnr rnrt   妖 vtd vtdy
蚜 jah jaht   淹 idj idjn   筵 tthp   宴 pjv pjvf   羊 udj   腰 esv esvg
崖 mdff   焉 ghg ghgo   蜒 jthp   晏 jpv jpvf   阳 bj bjg   邀 rytp
涯 idf idff   菸 aywu   颜 utem   艳 dhq dhqc   杨 sn snrt   爻 qqu
睚 hd hdff   阉 udjn   檐 sqdy   验 cwg cwgi   炀 onrt   尧 atgq
衙 tgk tgkh   湮 isfg   兖 ucq ucqb   谚 yut yute   佯 wudh   肴 qde qdef
疋 nhi   腌 edjn   奄 djn djnb   堰 fajv   疡 unr unre   姚 viq viqn
哑 kgo kgog   鄢 ghgb   俨 wgo wgod   焰 oqv oqvg   徉 tud tudh   轺 lvk lvkg
痖 ugog   嫣 vgh vgho   衍 tif tifh   焱 ooou   洋 iu iudh   珧 giq giqn
雅 ahty   蔫 agho   偃 wajv   雁 dwwy   烊 oud oudh   窑 pwr pwrm
亚 gog gogd   讠 yyn   厣 ddl ddlk   滟 idhc   蛘 jud judh   谣 yer yerm

徭 term	猗 qtdk	弋 agny	劓 thlj	婴 mmvf	墉 fyvh
摇 rer rerm	铱 qye qyey	刈 qjh	殪 gqfu	瑛 gam gamd	慵 nyvh
遥 er ermp	壹 fpg fpgu	忆 nn nnn	薏 aujn	嫛 kmmv	壅 yxtf
瑶 ger germ	揖 rkb rkbg	艺 anb	翳 atdn	撄 rmmv	镛 qyvh
繇 ermi	欹 dskw	仡 wtn wtnn	翼 nla nlaw	缨 xmmv	臃 eyx eyxy
鳐 qgem	漪 iqtk	议 yyq yyqy	臆 euj eujn	罂 mmrm	鳙 qgyh
杳 sjf	噫 kujn	亦 you	癔 uujn	樱 smmv	饔 yxte
咬 kuq kuqy	黟 lfoq	屹 mtnn	镱 qujn	璎 gmmv	喁 kjm kjmy
窈 pwxl	仪 wyq wyqy	异 naj	懿 fpgn	鹦 mmvg	永 yni ynii
窅 evf	圯 fnn	佚 wrw wrwy	因 ld ldi	膺 ywwe	甬 cej
嶲 msv msvg	夷 gxw gxwi	呓 kan kann	阴 be beg	鹰 ywwg	咏 kyn kyni
药 ax axqy	沂 irh	役 tmc tmcy	姻 vld vldy	迎 qbp qbpk	泳 iyni
要 s svf	诒 yck yckg	抑 rqb rqbh	洇 ildy	茔 apff	俑 wce wceh
鹞 ermg	宜 peg pegf	译 ycf ycfh	茵 ald aldu	盈 ecl eclf	勇 cel celb
曜 jnw jnwy	怡 nck nckg	邑 kcb	音 ujf	荧 api apiu	涌 ice iceh
耀 iqny	迤 tbp tbpv	佾 wweg	殷 rvn rvnc	荧 apo apou	恿 cen cenu
椰 sbb sbbh	饴 qnc qnck	峄 mcf mcfh	氤 rnl rnld	莹 apgy	蛹 jceh
噎 kfp kfpu	咦 kgx kgxw	易 jqr jqrr	铟 qldy	萤 apj apju	踊 khc khce
爷 wqb wqbj	姨 vg vgxw	绎 xcf xcfh	喑 kuj kujg	营 apk apkk	用 et etnh
耶 bbh	羨 agx agxw	奕 yod yodu	堙 fsf fsfg	萦 apx apxi	优 wdn wdnn
揶 rbb rbbh	贻 mck mckg	弈 yoa yoaj	吟 kwyn	楹 sec secl	忧 ndn ndnn
铘 qahb	眙 hck hckg	疫 umc umci	垠 fve fvey	滢 iapy	攸 whty
也 bn bnhn	胰 egx egxw	羿 naj	狺 qtyg	鎣 apqf	呦 kxl kxln
冶 uck uckg	酏 sgb sgbn	轶 lrw lrwy	寅 pgmw	潆 iapi	幽 xxm xxmk
野 jfc jfcb	痍 ugxw	悒 nkc nkcn	淫 iet ietf	蝇 jk jkjn	悠 whtn
业 og ogd	移 tqq tqqy	挹 rkc rkcn	银 qve qvey	赢 ynky	尤 dnv
叶 kf kfh	遗 khgp	益 uwl uwlf	鄞 akgb	赢 ynky	尤 dnv
曳 jxe	颐 ahkm	谊 ype ypeg	龈 hwbe	瀛 iyny	由 mh mhng
页 dmu	疑 xtdh	场 fjq fjqr	霪 fief	郢 kgbh	犹 qtdn
邺 ogb ogbh	嶷 mx mxth	翊 ung	乂 pny	颖 xid xidm	邮 mb mbh
夜 ywt ywty	彝 xgo xgoa	翌 nuf	尹 vte	颍 xtd xtdm	油 img
晔 jwx jwxf	乙 nnl nnll	逸 qkqp	引 xh xhh	影 jyie	柚 smg
烨 owx owxf	已 nnnn	意 ujn ujnu	吲 kxh kxhh	瘿 ummv	疣 udnv
掖 ryw rywy	以 c nywy	溢 iuw iuwl	饮 qnq qnqw	映 jmd jmdy	莜 awh awht
液 iyw iywy	钇 qnn	缢 xuw xuwl	蚓 jxh jxhh	硬 dgj dgjq	莸 aqtn
谒 yjq yjqn	矣 ct ctdu	肆 xtdh	隐 bq bqvn	媵 eudv	铀 qmg
屦 dddl	苡 any anyw	裔 yem yemk	瘾 ubq ubqn	哟 kx kxqy	蚰 jmg
一 g ggll	舣 teyq	瘗 uguf	印 qgb qgbh	唷 kyc kyce	游 iytb
衤 pui	蚁 jyq jyqy	蝎 jjqr	茚 aqgb	佣 weh	鱿 qgd qgdn
伊 wvt wvtt	倚 wds wdsk	毅 uem uemc	胤 txen	拥 reh	猷 usgd
衣 ye yeu	椅 sds sdsk	熠 onrg	应 yid	痈 uek	蝣 jytb
医 atd atdi	旖 ytdk	镒 quw quwl	英 amd amdu	邕 vkc vkcb	友 dc dcu
依 wye wyey	义 yq yqi		莺 apq apqg	庸 yveh	有 def e
咿 kwvt	亿 wn wnn			雍 yxt yxty	卣 hln hlnf

酉 sgd	俞 wgej	雨 fghy	寓 pjm pjmy	援 ref refc	樾 sfht
莠 ate ateb	禺 jmhy	俣 wkg wkgd	御 trh trhb	缘 xxe xxey	龠 wgka
锈 qdeg	竽 tgf tgfj	禹 tkm tkmy	裕 puw puwk	鼋 fqkn	瀹 iwga
牖 thgy	舁 vaj	语 ygk ygkg	遇 jm jmhp	塬 fdr fdri	云 fcu
黝 lfol	娱 vkgd	圄 lgkd	鹆 wwkg	源 idr idri	匀 qu qud
又 ccc cccc	狳 qtwt	圉 lfu lfuf	愈 wgen	猿 qtfe	纭 xfc xfcy
右 dk dkf	谀 yvwy	庾 yvwi	煜 oju ojug	辕 lfk lfke	芸 afcu
幼 xln	馀 qnw qnwt	瘐 uvw uvwi	蓣 acbm	圜 llg llge	昀 jqu jqug
佑 wdk wdkg	渔 iqgg	窳 pwry	誉 iwyf	橼 sxxe	郧 kmb kmbh
侑 wde wdeg	黄 avw avwu	龉 hwbk	毓 txgq	螈 jdr jdri	耘 difc
囿 lde lded	隅 bjm bjmy	玉 gy gyi	蜮 jak jakg	远 fqp fqpv	氲 rnjl
宥 pdef	雩 ffnb	驭 ccy	豫 cbq cbqe	苑 aqb aqbb	允 cq cqb
诱 yte yten	萮 mwgj	吁 kgfh	煨 otm otmd	怨 qbn qbnu	狁 qtc qtcq
蚴 jxl jxln	愉 nw nwgj	聿 vfhk	鹬 cbtg	垸 fpf fpfq	陨 bkm bkmy
釉 tom tomg	揄 rwgj	芋 agf agfj	鹬 xoxh	媛 vefc	殒 gqk gqkm
鼬 vnum	腴 evw evwy	妪 vaq vaqy	鸢 aqyg	掾 rxe rxey	孕 ebf
纡 xgf xgfh	逾 wgep	饫 qntd	冤 pqk pqky	瑗 gefc	运 fcp fcpi
迂 gfp gfpk	愚 jmhn	育 yce ycef	智 qbhf	愿 drin	郓 plb plbh
淤 iywu	榆 swgj	郁 deb debh	鸳 qbq qbqg	曰 jhng	恽 npl nplh
渝 iwgj	瑜 gwg gwgj	昱 juf	渊 ito itoh	约 xq xqyy	晕 jp jplj
瘀 uywu	虞 hak hakd	狱 qtyd	箢 tpq tpqb	月 eee eeee	酝 sgf sgfc
于 gf gfk	觎 wgeq	峪 mwwk	元 fqb	刖 ejh	愠 njlg
予 cbj	窬 pwwj	浴 iww iwwk	员 km kmu	岳 rgm rgmj	韫 fnhl
余 wtu	舆 wfl wflw	钰 qgyy	园 lfq lfqv	钥 qeg	韵 ujqu
好 vcbh	蝓 jwgj	预 cbd cbdm	沅 ifq ifqn	悦 nuk nukq	熨 nfio
玗 gngw	与 gn gngd	域 fakg	垣 fgjg	钺 qant	蕴 axj axjl
於 ywu ywuy	伛 waqy	欲 wwkw	爰 eft eftc	阅 uuk uukq	
盂 gfl gflf	宇 pgf pgfj	谕 ywgj	原 dr drii	跃 khtd	
臾 vwi	屿 mgn mgng	阈 uak uakg	圆 lkmi	粤 tlo tlon	
鱼 qgf	羽 nny nnyg	喻 kwgj	袁 fke fkeu	越 fha fhat	

Z

匝 amh amhk	崽 mln mlnu	錾 lrq lrqf	早 jh jhnh	躁 khks	赜 ahkm
咂 kam kamh	再 gmf gmfd	瓒 gtfm	枣 gmiu	则 mj mjh	仄 dwi
拶 rvq rvqy	在 d dhfd	赃 myf myfg	蚤 cyj cyju	择 rcf rcfh	昃 jdw jdwu
杂 vs vsu	糌 othj	臧 dnd dndt	澡 ik ikks	泽 icf icfh	贼 madt
砸 damh	簪 taq taqj	驵 ceg cegg	藻 aik aiks	责 gmu	怎 thfn
灾 po pou	咱 kth kthg	奘 nhdd	灶 of ofg	迮 thfp	谮 yaqj
甾 vlf	昝 thj thjf	脏 eyf eyfg	皂 rab	啧 kgm kgmy	曾 ul uljf
哉 fak fakd	攒 rtfm	葬 agq agqa	唣 kra kran	帻 mhgm	增 ful fulj
栽 fas fasi	趱 fht fhtm	遭 gmap	造 tfkp	笮 tth tthf	憎 nul nulj
宰 puj	暂 lrj lrjf	糟 ogmj	噪 kkks	舴 tetf	缯 xul xulj
载 fa falk	赞 tfqm	凿 ogu ogub	燥 okk okks	簀 tgmu	罾 lul lulj

锃 qkg qkgg	斩 lr lrh	兆 iqv	胗 ewe ewet	肢 efc efcy	峙 mff mffy
甄 uljn	展 nae naei	诏 yvk yvkg	轸 lwe lwet	栀 srgb	栉 sab sabh
赠 mu mulj	盏 glf	赵 fhq fhqi	畛 lwet	衹 pyqy	陟 bhi bhit
吒 ktan	崭 ml mlrj	笊 trhy	疹 uwe uwee	胝 eqa eqay	挚 rvyr
咋 kthf	搌 rnae	棹 shj shjh	缜 xfh xfhw	脂 ex exjg	桎 sgcf
听 krrh	辗 lna lnae	照 jvko	稹 tfhw	蜘 jtdk	秩 trw trwy
喳 ksj ksjg	占 hk hkf	罩 lhj lhjj	圳 fkh	执 rvy rvyy	致 gcft
揸 rsj rsjg	战 hka hkat	肇 ynth	阵 bl blh	侄 wgcf	贽 rvym
渣 isjg	栈 sgt	蜇 rrj rrju	鸩 pqq pqqg	直 fh fhf	轾 lgc lgcf
楂 ssjg	站 uh uhkg	遮 yaop	振 rdf rdfe	值 wfhg	掷 rudb
鲝 thlg	绽 xpg xpgh	折 rr rrh	朕 eudy	埴 ffhg	痔 uffi
扎 rnn	湛 iad iadn	哲 rrk rrkf	赈 mdfe	职 bk bkwy	室 pwg pwgf
札 snn	骣 cnb cnbb	辄 lbn lbnn	镇 qfhw	植 sfhg	鸷 rvyg
轧 lnn	蘸 asgo	蛰 rvyj	震 fdf fdfe	殖 gqf gqfh	巇 xgx xgxx
闸 ulk	张 xt xtay	谪 yum yumd	争 qv qvhj	絷 rvyi	智 tdkj
铡 qmj qmjh	章 ujj	摺 rnrg	征 tgh tghg	跖 khdg	滞 igk igkh
眨 htp htpy	郭 ujb ujbh	磔 dqas	怔 ngh nghg	摭 rya ryao	痣 ufni
砟 dth dthf	嫜 vujh	辙 lyc lyct	峥 mqv mqvh	蹠 khub	蛭 jgc jgcf
乍 thf thfd	彰 uje ujet	者 ftj ftjf	挣 rqvh	夂 ttn ttny	骘 bhic
诈 yth ythf	漳 iuj iujh	锗 qft qftj	狰 qtqh	止 hh hhhg	稚 twy twyg
咤 kpta	獐 qtuj	赭 fofj	钲 qghg	只 kw kwu	置 lfhf
栅 smmg	樟 suj sujh	褶 punr	睁 hqv hqvh	旨 xj xjf	雉 tdwy
炸 oth othf	璋 guj gujh	这 p ypi	铮 qqv qqvh	址 fhg	膣 epwf
痄 uthf	蟑 jujh	柘 sdg	筝 tqvh	纸 xqa xqan	觯 qeuf
蚱 jthf	仉 wmn	浙 irr irrh	蒸 abi abio	芷 ahf	颥 khrm
榨 spw spwf	涨 ix ixty	蔗 aya ayao	徵 tmgt	祉 pyh pyhg	中 k khk
膪 eupk	掌 ipkr	鹧 yaog	拯 rbi rbig	咫 nyk nykw	忠 khn khnu
斋 ydm ydmj	丈 dyi	贞 hm hmu	整 gkih	指 rxj rxjg	终 xtu xtuy
摘 rum rumd	仗 wdyy	针 qf qfh	正 ghd	枳 skw skwy	盅 khl khlf
宅 pta ptab	帐 mht mhty	侦 whmy	证 ygh yghg	帜 lkw lkwy	钟 qkhh
翟 nwyf	杖 sdy sdyy	浈 ihm ihmy	铮 yqvh	趾 khh khhg	肿 tek tekh
窄 pwtf	胀 eta etay	珍 gw gwet	郑 udb udbh	莛 ogui	衷 ykhe
债 wgmy	账 mta mtay	桢 shm shmy	帧 mhhm	酯 sgx sgxj	锺 qtgf
砦 hxd hxdf	障 buj bujh	真 fhw fhwu	政 ght ghty	至 gcf gcff	螽 tujj
寨 pfjs	嶂 muj mujh	砧 dhkg	症 ugh ughd	志 fn fnu	肿 ek ekhh
瘵 uwf uwfi	幛 mhuj	祯 pyhm	之 pp pppp	忮 nfcy	种 tkh tkhh
沾 ihk ihkg	瘴 uujk	斟 adwf	支 fc fcu	豸 eer	冢 pey peyu
毡 tfnk	钊 qjh	甄 sfgn	卮 rgbv	制 rmhj	踵 khtf
旃 ytmy	招 rvk rvkg	秦 adwt	汁 ifh	帙 mhrw	仲 wkhh
粘 oh ohkg	昭 jvk jvkg	榛 sdwt	芝 ap apu	帜 mhkw	众 wwwu
詹 qdw qdwy	啁 kmf kmfk	箴 tdgt	吱 kfc kfcy	治 ick ickg	重 tgj tgjf
谵 yqdy	找 ra rat	臻 gcft	枝 sfc sfcy	炙 qo qou	州 ytyh
澹 iylg	沼 ivk ivkg	诊 ywe ywet	知 td tdkg	质 rfm rfmi	舟 tei
瞻 hqd hqdy	召 vkf	枕 spq spqn	织 xkw xkwy	郅 gcfb	诌 yqvg

周 mfk mfkd	逐 epi	转 lfn lfny	斫 drh	籽 dib dibg	阻 begg
洲 iyt iyth	舳 temg	啭 klfy	浊 ij ijy	第 ttnt	组 xeg xegg
粥 xox xoxn	瘃 uey ueyi	赚 muv muvo	浞 ikhy	梓 suh	俎 wweg
妯 vm vmg	躅 khlj	撰 rnnw	诼 yey yeyy	紫 hxx hxxi	祖 pye pyeg
轴 lm lmg	、 yyl yyll	篆 txe txeu	酌 sgq sgqy	滓 ipu ipuh	躜 khtm
碡 dgx dgxu	主 y ygd	馔 qnnw	啄 keyy	訾 hxy hxyf	缵 xtfm
肘 efy	拄 ryg rygg	妆 uv uvg	着 udh udhf	字 pbf	纂 thdi
帚 vpm vpmh	渚 ift iftj	庄 yfd	琢 gey geyy	自 thd	钻 qhk qhkg
纣 xfy	属 ntk ntky	桩 syf syfg	禚 pyuo	恣 uqwn	攥 rthi
咒 kkm kkmb	煮 ftjo	装 ufy ufye	擢 rnwy	渍 igm igmy	嘴 khx khxe
宙 pm pmf	嘱 knt knty	丬 uygh	濯 inw inwy	眦 hhx hhxn	最 jb jbcu
绉 xqv xqvg	麈 ynjg	壮 ufg	镯 qlqj	宗 pfi pfiu	罪 ldj ldjd
昼 nyj nyjg	瞩 hnt hnty	状 udy	仔 wbg	综 xp xpfi	蕞 ajb ajbc
胄 mef	仁 wpg wpgg	幢 mhu mhuf	孜 bty	棕 sp spfi	醉 sgy sgyf
荮 axf axfu	住 wygg	撞 ruj rujf	兹 uxx uxxu	腙 epfi	尊 usg usgf
皱 qvhc	助 egl egln	隹 wyg	咨 uqwk	踪 khp khpi	遵 usgp
酎 sgfy	苎 apgf	追 wnnp	姿 uqwv	鬃 dep depi	樽 susf
骤 cbc cbci	杼 scb scbh	骓 cwyg	赀 hxm hxmu	总 ukn uknu	鳟 qguf
籀 trql	注 iy iygg	椎 swy swyg	资 uqwm	偬 wqrn	撙 rus rusf
朱 ri rii	贮 mpg mpgg	锥 qwy qwyg	淄 ivl ivlg	纵 xwwy	昨 jt jthf
侏 wri wriy	驻 cy cygg	坠 bwff	缁 xvl xvlg	粽 opfi	左 da daf
诛 yri yriy	柱 syg sygg	缀 xcc xccc	谘 yuq yuqk	邹 qvb qvbh	佐 wda wdag
邾 rib ribh	炷 oyg oygg	惴 nmdj	孳 uxxb	驺 cqv cqvg	作 wt wthf
洙 iri iriy	祝 pyk pykq	缒 xwnp	嵫 mux muxx	诹 ybc ybcy	坐 wwf wwff
茱 ari ariu	疰 uygd	赘 gqtm	滋 iux iuxx	陬 bbc bbcy	阼 bth bthf
株 sri sriy	著 aft aftj	肫 egb egbn	粢 uqwo	鄹 bctb	怍 nth nthf
珠 gr griy	蛀 jyg jygg	窀 pwgn	辎 lvl lvlg	鲰 qgbc	柞 sth sthf
诸 yft yftj	筑 tam tamy	谆 yybg	菑 hxq hxqe	走 fhu	祚 pyt pytf
猪 qtfj	铸 qdt qdtf	准 uwy uwyg	赵 fhuw	奏 dwg dwgd	胙 eth ethf
铢 qri qriy	箸 tft tftj	卓 hjj	锱 qvl qvlg	揍 rdwd	唑 kww kwwf
蛛 jri jriy	翥 ftjn	拙 rbm rbmh	龇 hwbx	租 teg tegg	座 yww ywwf
楮 syfj	抓 rrhy	倬 whjh	髭 deh dehx	菹 aie aieg	做 wdt wdty
潴 iqtj	爪 rhyi	捉 rkh rkhy	鲻 qgvl	足 khu	
橥 qtfs	搋 rjx rjxt	桌 hjs hjsu	籽 ob obg	卒 ywwf	
竹 ttg ttgh	专 fny fnyi	涿 ieyy	子 bb bbbb	族 ytt yttd	
竺 tff	砖 dfny	灼 oqy oqyy	姊 vtnt	镞 qytd	
烛 oj ojy	颛 mdmm	茁 abm abmj	秭 ttnt	诅 yeg yegg	

附录 五笔字型字根键位图

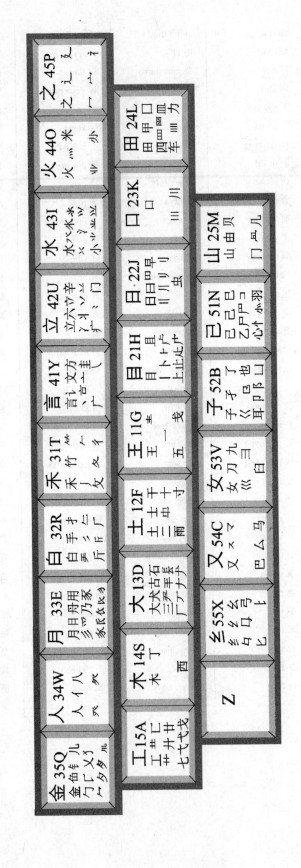